謝秀忱
陳靖國 編著
白澤龍郎審校

口語對照日語文語文法

修訂版

鴻儒堂出版社發行

修訂版序

《口語對照　日語文語文法》是一部文言語法的入門書。

本書繁體字版在台問世以來，承蒙各大學日文系及各界人士採用爲教材，書中內容是在日語文言法教學和古典文學教學中所積累的教學材料的基礎上，先編成教材，並經多年在教學中使用，經多次修改而成書的。

全書由北京師範大學外語系日本專家白澤龍郎先生審定校稿。

筆者認爲，有效地利用學生已掌的口語語法知識，通過對比和比較的方法來熟悉掌握文言語法知識，是學習文語語法的一個捷徑。是一種有效的學習方法。

編寫本書的指導思想是不求高深，力求普及，儘量採用典型性例句，來說明文言語法中的規則和用法，所選例句，絕大多數均有出處，來自不同時期的日本古典文學作品，保證語言的科學性和準確性。

例句採用文口語對照形式排列，並配有文口語兼顧的中文譯文。語言簡練，觀點敘述與例句的配合得當。

本書可供日語文言語法教學中使用，也可供廣大日語古典文學愛好者、日語專業高年級學生，日語語法教師參考。

本書繁體字修訂版於出版之際，承蒙台灣淡江大學日本語文學系內田康博士精心校閱，訂正原版內容疏漏之處，特此感謝。

編者

目録

第一章　緒論

一、為什麼要學習一些必要的文語文法知識？

根據日語發展的歷史，至今還存在著兩套語法——文語語法和口語語法。一般說來，語法是為了表達和理解某種原文的一種有力工具。如果說，《口語語法》是用來表達思想，那麼《文語語法》卻是用來理解某種事物為其目標的。

事實也是如此，雖然日本現在通行的書面語是用口語語法規則寫成的，在口頭交際中也會出現口語語法現象，但在現在通用文章、書信、作品，特別是在詩歌作品中，仍然存在著許多文語現象，為了繼承古老的日本文化，現代人們也需要讀一些古書，就是在現代科技作品中，也不免經常出現一些文語助詞、文語助動詞等現象。並且日語專業學生在教學計劃中就規定了學習一些必不可少的日本古典文學作品，然而要想學好古典作品，不學習日本文語語法是難以想像的。因此，文語語法是閱讀日本古典文學的一種工具，不突破它，就難以閱讀日本古典文學作品。值得指出的是，當今在我國研究日本社會學的人也越來越多，不讀日本古書也無法從歷史上研究日本歷史、政治、經濟、文化等情況。

鑒於上述理由，對於日語專業高年級學生和語言研究者來說，學習和掌握基本的文語語法知識是非常必要的，學好文語語法，對進一步學好現代日本語言也是有益的。

二、口語和文語的發展歷史：

語言是隨著時代的變化而變化的，而語言當中又可分爲口頭語和書面語兩種。口頭語是人們在日常生活中所使用的一種語言，其聲音說過後瞬間即可消失，因此，其變化就更快、更容易，而書面語比較起來變化就慢得多。在日本一直到平安時代，口頭語和書面語的區別還不太大，一到鎌倉、室町時代，這兩者的區別就越來越大了，並從此各自發展起來。人們常把現代日常生活中使用的語言叫做口語，相反，把傳統的書面語叫做文語，用口語語法規則組織起來的口語被看做是標準語，平安時代的書面語被認爲是標準的文語。而日本現在通行的書面語是從十九世紀形成的。是現代流於日本社會中的一種書面語。

文語語法的完整體系，基本是從德川時代開始形成的，它具有幾百年的歷史，而對口語語法的研究，卻是幾十年的事情。

三、文語語法的特點：

㈠文言的文章，特別是流行一個時期的文言政論文章，則受漢語直譯體的影響較深，漢語詞彙占的數量較大。

㈡文言體文章中，直接運用漢語成語的場合較多：

成語、故事是千百年來形成的，是勞動人民智慧的結晶，是取之不盡的人生經驗的源泉。而中國人民正因爲在世界上最早開始了人類文明的歷史，所以有著世界上最豐富的多彩的成語和故事。

日本人也有著豐富的成語和故事，其中不少是從中國成語中學到的，兩國人民有其許多共同的成語、故事這一事實，正可以說明是兩國人民友誼的明證。例如……

熟語となっているもの（成語）

青雲《せいうん》の志《こころざし》　《古文眞寶》
漁夫《ぎょほ》の利《り》　《戰國策》
塞翁《さいおう》が馬《うま》　《淮南子》
五十歩百歩《ごじっぽひゃっぽ》　《孟子》
切磋琢磨《せっさたくま》　《詩經》
矛盾《むじゅん》　《韓非子》
馬事東風《ばじとうふう》　《李白詩》
温故知新《おんこちしん》　《論語》
四面楚歌《しめんそか》　《史記》
先憂後楽《せんゆうこうらく》　《范仲淹》
大器晩成《たいきばんせい》　《老子》
論功行賞《ろんこうこうしょう》　《三國志魏書》

慣用語句となっているもの（慣用語）

過《あやま》ちては即《すなわ》ち改むるに憚《はばか》る勿《なか》れ　《論語》
一葉落ちて天下の秋を知る　《淮南子》
一を聞いて十を知る　《論語》
思い半《なか》ばに過ぐ　《易經》
顧《かえり》みて他を言う　《孟子》
喝《かっ》しても盗泉《とうせん》の水を飲まず　《說苑》
三十六計逃《に》ぐるに如《し》かず　《南齊書》

虎穴に入らずんば虎子を得ず　《後漢書》
去る者は日日に疎《うと》し　《文選》
死中に活《かつ》を求む　《後漢書》
青は藍《あい》より出でて藍《あい》よりも青し　《荀子》

㈢文語語法中使用漢字表示語義時，並不像口語那樣嚴謹，沒有統一的標準，也不受常用漢字的影響，往往是根據寫作人自己的意圖，自行選擇，各行其是。

例如：

これ（是、此、斯、維）
みち（道、路、途、径）
かつ（勝、贏、克、捷）
したがふ（順、從、随、循、導）
はやし（早、速）
よし（善、好、良、佳、吉）
つひに（遂、終、竟、畢）
ただ（唯、只、但、從）
よろこぶ（喜、悅、欣、歡、怡）

つとむ（勤、力、努、勉、務）

……………

㈣文語語法就詞彙和句子結構來說，不算太難，難點在於文語的活用詞，特別是文語動詞、助動詞的活用方面，因此，我們學習文語語法必須把注意力放在文語動詞等活用上面。

㈤文語使用歷史假名遣：

在口語語法和文語語法中，其假名遣也有所不同。口語語法中一般使用『現代假名遣』，而文語文法中卻使用『歷史假名遣』。

其比較如下：

（口語）（文語）　（口語）（文語）　（口語）（文語）　（口語）（文語）

言う——言ふ　魚《うお》——魚《うを》　蝶蝶《ちょうちょう》——蝶蝶《てふてふ》　酔《よ》う——酔《ゑ》ふ

思う——思ふ　居《い》る——居《ゐ》る　扇《おうぎ》——扇《あふぎ》　少将《しょうしょう》——少将《せうしやう》

㈥在文語語法中，一般在句中主語常常省略主格助詞『が』或提示助詞『は』。

雨が降る——雨降る

風が吹く——風吹く

花が咲く——花咲く

木がある——木あり

春が来た——春来ぬ

(七)文語中有『係り結び』法則，而口語中則沒有，口語語法用言常以終止形結句，但在文語中，除以終止形結句以外，還用動詞的連體形，已然形結句。不過這種結句法，前面有不同的助詞相互約制，形成一種呼應關係，這種用法在文語中叫做『係り結び』或者稱爲『係結の法則』。其『係り』是指『なむ』、『ぞ』、『や』、『か』、『こそ』等助詞，其『結び』是指結句的活用語。

(1)體言（は）——用言終止形（風は静かなり。）

(2)體言（か、や、ぞ、なむ）——用言連體形（風なむ静かなる。）

(3)體言（こそ）——用言已然形（風こそ静かなれ。）

四、文語語法品詞的分類：

單詞根據語法上所起的作用，表達的意義和所具有的性質的不同進行分類的叫做品詞。

文語語法的品詞可分爲十類：

- 單詞
  - 獨立語
    - 有活用……主要做述語……用言
      - 以『ウ』段音結尾的（『あり』『をり』等除外）……動詞
      - 以『し』結尾的（口語以『い』結尾）……形容詞
      - 以『なり、たり』結尾的（口語以『だ』結尾）……形容動詞
    - 無活用
      - 主要做主語……體言……名詞（名詞、代名詞、數詞）
      - 不做主語的
        - 做修飾語
          - 修飾用言……副詞
          - 修飾體言……連體詞
        - 不做修飾語
          - 連接詞或句子的……接續詞
          - 不起接續作用的……感嘆詞
  - 附屬語
    - 有活用……助動詞
    - 無活用……助詞

第二章　體　言

體言本身就是來源於文語語法，是文語語法的術語，是文語語法的一種分類方法，是語用言相對的名稱。文語語法解釋體言，所謂「體」就是事物的主體，「言」就是表現的單詞。因此，體言就是研究做爲本體的詞。

文語中的體言包括名詞、數詞和代名詞的三個詞類。

體言最大的特徵是在句中做主語，也可做賓語、補語和結合助動詞「なり」「たり」做判斷句的謂語，用來表示事物的名稱，數量，並可代替某種事物。

文語中的體言與口語中的體言，作用基本相似，比較容易掌握。

一、名詞

名詞是一個無活用的獨立詞，在句中主要是做主語，用來代表人或事物的名稱。

㈠名詞的分類：

名詞可分爲實質名詞和形式名詞兩類。

1　實質名詞（名詞）：

實質名詞
- 普通名詞──表示一般事物的名稱
- 專有名詞──用於表示特定的事物以及地名、人名等

普通名詞

（文語）

山里《やまざと》、牛車《ぎっしゃ》、月《つき》、霞《かすみ》、時節《じせつ》、祭《まつ》り、心《こころ》ばへ、一念《いちねん》

山里、牛車《ぎゅうしゃ》、月、霞《かすみ》、時節《じせつ》、祭《まつ》り、心《こころ》がけ、一念《いちねん》

專有名詞

万葉集《まんゑふしふ》、江戸《えど》、紫式部《むらさきしきぶ》、桂川《かつらがは》、光源氏《ひかるげんじ》

万葉集《まんようしゅう》、江戸《えど》、紫式部《むらさきしきぶ》、桂川《かつらがわ》、光源氏《ひかるげんじ》

名詞也可以按詞源來分類：

(1)由動詞轉化來的名詞：

（文語）

明かり、思ひ、戒《いまし》め、行《おこな》ひ

（口語）

明かり、思い、戒め、行い

(2)由形容詞轉化來的名詞：

（文語）

めでたさ、赤み、悲しみ

（口語）

めでたさ、赤み、悲しみ

(3)由形容動詞轉化來的名詞：

（文語）
静かさ、こまやかさ

（口語）
静かさ、こまやかさ

2 形式名詞：

在普通名詞中，失去原來名詞所具有的意義，上面連接連體修飾語，只是做爲形式上的名詞使用，這種名詞就叫做形式名詞。像「こと」「もの」「の」「ほど」「ため」「とき」「ところ」「ゆゑ」「わけ」等詞。

下面例句中，前一句是形式名詞，後一句也是形式名詞。

今は亡き人なればかばかりのことも忘れがたし。《徒然草》

——今はこの世に亡い人なので、これくらいのことも忘れがたいのである。

（其中「こと」是形式名詞）

（如今人已離開人世，這一類小事情也是令人難以忘懷的。）

暑きころわろき住居はたへがたきことなり。《徒然草》

——暑い時分に建て方の悪い家は、我慢できないものである。

（其中「こと」是形式名詞）

（在酷暑季節，建成一座不適於節氣的房屋，是令人難以忍受的。）

東のかたに住むべき国求めにとて行きけり。《伊勢物語》

——東国のほうに住むべき所を求めに行こうと思って出かけた。

（向東方尋找適於自己居住的地方而去。）

㈡名詞的作用：

名詞主要是在句中做主語，也可做賓語、補語和加「なり」、「たり」做判斷句述語。

文語		口語
机あり。	（有桌子。）	机がある。
鳥鳴く。	（鳥叫。）	鳥が鳴く。
花散る。	（花落。）	花が散る。
谷《たに》深し。		谷が深い。

（山澗深。）（以上做主語）

書を讀む。

（讀書。）

本を読む。

月を見る。

（賞月。）（以上做賓語）

月を見る。

月の都の人なり。

《竹取物語》

（是月宮的人。）

月の都の人です。

京には見えぬ鳥なればみな人知らず。

（因爲是京城見不到的珍鳥，眾人皆不知。）

都では見かけたことのない鳥なので誰も知らない。

月を見るけしきなり。

《徒然草》

（像是在賞月的樣子。）（以上做判斷述語）

月を見ているようすである。

二、數詞：

數詞是表示事物的數量或順序的詞，日語數詞包括：

數詞
- 數量數詞——表示數量：一《ひと》つ、二《ふた》つ、ふたり、三回《さんかい》、三月《みつき》、五軒《ごけん》……。
- 順序數詞——表示順序：一番《いちばん》、二着《にちゃく》、第三場《ば》、三《みっ》つ目、五軒目……。

數詞又分爲：

數詞
- 基數詞
  - 固有數詞：ひ、ふ、み、よ、いつ、む、なな、や、ここのつ、とお。
  - 漢音數詞：いち、に、さん、し、ご、ろく、しち、はち、く、じふ……。
- 助數詞——用數詞計算各種事物的數量時，必須用助數詞。（相當於漢語的量詞）
  - 紙：一枚（一張）、二枚（二張）、三枚（三張）……。
  - 信：一通《いっつう》（一封信）、二通《につう》（二封信）、三通《さんつう》（三封信）……
  - 鞋：一足（一雙）、二足（二雙）、三足（三雙）……。
  - 硯：一面（一方）、二面（二方）、三面（三方）……
  - 旗：一竿《ひとさお》（一竿）、二竿《ふたさお》（二竿）、三竿《みさお》（三竿）……。

△ 數詞在句中主要做狀語，有時也可充當主語等成分。

三、代名詞：

代名詞是代替名詞的詞。

㈠分類

文語中，主要代名詞如下表。

	種類＼人稱	人稱代名詞	指示代名詞・事物	指示代名詞・場所	指示代名詞・方向
文語	自稱（第一人稱）	あ、あれ わ、われ まろ ここ おのれ			
文語	對稱（第二人稱）	な、なれ なんぢ みまし そこ そなた			
文語	他稱（第三人稱）近稱	こ これ	こ これ	ここ	こち こなた
文語	他稱（第三人稱）中稱	そ それ	そ それ	そこ	そち そなた
文語	他稱（第三人稱）遠稱	か かれ あ あれ	か、かれ あ、あれ	かしこ あしこ	あち あなた かなた
文語	不定稱	た たれ なに	いづれ なに	いづこ いづく	いづち いづかた
文語	反身代名詞	おの おのれ			
口語	自稱（第一人稱）	わたくし わたし ぼく			
口語	對稱（第二人稱）	あなた きみ おまえ			
口語	他稱（第三人稱）近稱	このかた	これ	ここ	こちら こっち
口語	他稱（第三人稱）中稱	そのかた	それ	そこ	そちら そっち
口語	他稱（第三人稱）遠稱	あのかた かれ	あれ	あそこ あすこ	あちら あっち
口語	不定稱	どのかた どなた だれ なに	どれ	どこ	どちら どっち
口語	反身代名詞	自分 自身			

（注）

① 「こ、そ、あ、わ」在口語中只使用「この、その、あの、わが」的形式，所以被認爲是連體詞，而在文語中，像「こは何事ぞ。」等於口語的「これは何事か。」（這是什麼事？）「ぞ」表示強烈質問的語氣。「こ、そ、あ、わ」在文中可單獨使用，所以被認爲是一個詞，叫做代名詞。

② 反身代名詞，不分自稱、對稱、和他稱，泛指其人自身，其事物自體的代名詞，故叫做反身代名詞。其中有「おの」「おのれ」「自分」「自身」等。

(二)用法：

文語	口語
これ余が願ふ所なり。《江源武鑑》（這正是我之所求。）	これは私の願う所です。
汝《なんぢ》は何ぞの人ぞ。《宇津保物語》（你是什麼人？）	お前は何者か。

こはいかに。　《徒然草》　（這是怎麼回事？）
——これはどうしたことか。

そは世の常の事。　《源氏物語》　（那是人間常事。）
——それは世の常の事です。

あれはいかなる鳥居《とりゐ》やらん。　《平家物語》　（那是什麼牌坊。）
——あれはどんな鳥居《とりい》ですか。

あなたの人もこなたに集《つど》ひたり。　《蜻蛉日記》　（那邊的人也聚集到這邊來了。）
——あちらの人もこちらに集まってきた。

思ひ余りそなたの空を眺むれば　《新古今集》　（思念之餘，遙望彼蒼。）
——恋しさの余りそちら（あなたのいる）方の空を眺めると

吾子はそこに寝よ、眠たからむ。

《宇津保物語》（你就睡在那兒吧，睏了吧。）

お前はそこに寝なさい。眠いでしょう。

昔の光今何処《いづこ》。

《荒城之月》（昔日之光，今何在？）

昔の光は今どこへいったのだろう。

第三章　用　言

用言是文語語法的體用學說的重要組成部分，它包括動詞、形容詞和形容動詞三個詞類，並都有活用。文語用言是區別口語文語的重要標誌，如果說文、口語語法有很大不同，那麼主要表現在用言和助動詞的活用上，這一點必須給予應有的注意。只有準確地掌握用言的活用，特別是動詞、助動詞的活用，才能熟練地運用文語語法知識。

一、動詞

㈠定義：

動詞是一個有活用的獨立詞，在句中主要做述語，用來敘述人或事物的動作、狀態和存在的詞類。

例如：

雨降る（雨が降る）（狀態）

月を見る（月を見る）（行爲）

法師学富み、詞清くして、志堅く…（法師というものは学識に富み、言葉も清く、志が堅く）

《三藏法師傳》

（法師者，博學、詞雅、志堅…。）（狀態）

竜の頸《くび》に五色に光る玉あり。——竜の首に五色の光りを放つ宝石がある。

《竹取物語》

（在龍的脖子上有一顆五彩閃光的寶珠。）

(二)動詞的活用：

動詞在日語中除極少數外，絕大多數動詞都是由詞根、詞尾兩部分構成。「読む」的「よ」是詞根，「む」是詞尾，詞根沒有變化，詞尾則有變化。詞尾變化部分日語中叫做「活用」，活用的不同詞尾叫做「活用形」。文語中動詞活用共分九種，而口語則只有五種。

其大致對應關係如下：

文語	口語
四段活用	五段活用
ラ行變格活用	
ナ行變格活用	
下一段活用	
上一段活用	上一段活用
上二段活用	
下二段活用	下一段活用
カ行變格活用	カ行變格活用
サ行變格活用	サ行變格活用

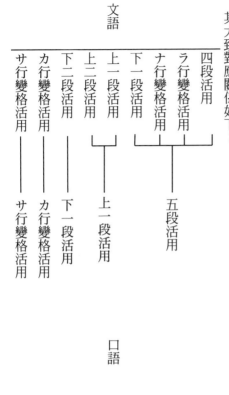

1 四段活用：

文語動詞，像「よむ」一詞，其活用是「読ま、読み、読む、読め」，詞尾分別落在五十音圖中，「ア、イ、ウ、エ」四個段上，因此叫做四段活用。

五段活用，口語動詞「読む」一詞其活用是「読ま、読み、読む、読め、読も」，詞尾分別落在五十音圖中「ア、イ、ウ、エ、オ」五段上，故叫做五段活用。

文語

行	例詞	詞幹＼詞尾	未然形	連用形	終止形	連體形	已然形	命令形
カ行	咲く	咲《さ》	か	き	く	く	け	け
ガ行	泳ぐ	泳《およ》	が	ぎ	ぐ	ぐ	げ	げ
サ行	増す	増《ま》	さ	し	す	す	せ	せ
タ行	立つ	立《た》	た	ち	つ	つ	て	て
ハ行	思ふ	思《おも》	は	ひ	ふ	ふ	へ	へ

口語

行	例詞	詞幹＼詞尾	未然形	連用形	終止形	連體形	假定形	命令形
カ行	咲く	咲《さ》	か こ	き い	く	く	け	け
ガ行	泳ぐ	泳《およ》	が ご	ぎ い	ぐ	ぐ	げ	げ
サ行	増す	増《ま》	さ そ	し	す	す	せ	せ
タ行	立つ	立《た》	た と	ち つ	つ	つ	て	て
ワ行	思う	思《おも》	わ お	い つ	う	う	え	え

主要接續法			ず	て たり	結句	體言	ども	命令用結句
バ行	飛ぶ	飛《と》	ば	び	ぶ	ぶ	べ	べ
マ行	読む	読《よ》	ま	み	む	む	め	め
ラ行	乗る	乗《の》	ら	り	る	る	れ	れ

主要接續法			ない う	ます た、て	結句	體言	ば	命令用結句
バ行	飛ぶ	飛《と》	ば ぼ	び ん	ぶ	ぶ	べ	べ
マ行	読む	読《よ》	ま も	み ん	む	む	め	め
ラ行	乗る	乗《の》	ら ろ	り つ	る	る	れ	れ

2 ラ行變格活用（ラ變）：

文語動詞「有り」，其活用在「ラ行」的四個段上（ア、イ、ウ、エ），但終止形卻與四段活用動詞不同，詞尾不是在「ウ」段上，而是在「イ」段上，故叫做ラ行變格活用動詞。

相當於文語「あり」的口語動詞「ある」和「読む」一樣，屬於五段活用動詞。文語動詞「あり」是從鎌倉時代開始，終止形用「り」代替了「る」。

文語								
行	例詞	詞幹＼詞尾	未然形	連用形	終止形	連體形	已然形	命令形
ラ行	有り	有《あ》	ら	り	り	る	れ	れ

口語								
行	例詞	詞幹＼詞尾	未然形	連用形	終止形	連體形	假定形	命令形
ラ行	有る	有《あ》	ら ろ	り っ	る	る	れ	れ

主要接續法	ず、む	たり、て	結句	體言	ども	用命令結句		
主要接續法	ない、う	ます、た、て	結句	體言	ば	用命令結句		

（注）屬於ラ行變格活用的動詞，除「あり」外，還有「居り」「侍り」「いまそがり」三個動詞。

3 ナ行變格活用（ナ變）

文語動詞「死ぬ」，其活用落在五十音圖的「ア、イ、ウ、エ」四個段上，但與四段活用不同的是，需在連體形上加「る」，已然形上加「れ」，把上述活用叫做「ナ」行變格活用。

相當於文語「死ぬ」的口語動詞「死ぬ」和「讀む」一樣，屬於五段動詞。它是從室町時代開始，其連體形的「る」和已然形的「れ」都消失了，不再做變格活用了。

文語

行	例詞	詞尾／詞幹	未然形	連用形	終止形	連體形	已然形	命令形
ナ行	死ぬ	死	な	に	ぬ	ぬる	ぬれ	ね
主要接續法			ず、む	たり、て	結句	體言	ども	用命令結句

口語

行	例詞	詞尾／詞幹	未然形	連用形	終止形	連體形	假定形	命令形
ナ行	死ぬ	死	な、の	に、ん	ぬ	ぬ	ね	ね
主要接續法			ない、う	ます、だ、で	結句	體言	ば	用命令結句

（注）屬於ナ行變格活用動詞，除「死ぬ」外，還有「往ぬ」一詞。

4 下一段活用：

文語動詞「蹴《け》る」一詞，其活用與口語中的下段動詞活用完全相同，其詞尾都落在「エ」段一個段上，終止形和連體形加「る」，已然形加「れ」，命令形加「よ」。

相當於文語「蹴る」的口語動詞「蹴る」卻是五段（ラ行）活用動詞。文語中詞幹、詞尾無區別，但在口語中「る」卻是作爲詞尾加以活用。

	行	例詞	詞幹＼詞尾	未然形	連用形	終止形	連體形	已然形	命令形
文語	カ行	蹴る	（蹴）	け	け	ける	ける	けれ	けよ
	主要接續法			ず む	たり て	結句	體言	ども	用命令 結句

	行	例詞	詞幹＼詞尾	未然形	連用形	終止形	連體形	假定形	命令形
口語	ラ行	蹴る	蹴《け》	ら ろ	り っ	る	る	れ	れ
	主要接續法			ない う	ます た、て	結句	體言	ば	用命令 結句

5 下二段活用：

文語動詞像「考《かんが》ふ」一詞，其活用詞尾只落在「へ」「ふ」，即五十音圖的「エ、ウ」兩段上，並在連體形上加「る」已然形上加「れ」，命令形上加「よ」，把這種變化的動詞叫做下二段活用。

相當於文語「考ふ」的口語下一段動詞「考える」，因詞尾落在「エ」段上，故叫做下一段活用。其終止形和連體形上加「る」，假定形上加「れ」，命令形上加「ろ・よ」。

文語

行	例詞	詞幹＼詞尾	未然形	連用形	終止形	連體形	已然形	命令形
ア行	得《う》	(得)	え	え	う	うる	うれ	えよ
カ行	受く	受《う》	け	け	く	くる	くれ	けよ
ガ行	投ぐ	投《な》	げ	げ	ぐ	ぐる	ぐれ	げよ
サ行	寄す	寄《よ》	せ	せ	す	する	すれ	せよ
ザ行	交ず	交《ま》	ぜ	ぜ	ず	ずる	ずれ	ぜよ
タ行	捨つ	捨《す》	て	て	つ	つる	つれ	てよ
ダ行	出《い》づ	出《い》	で	で	づ	づる	づれ	でよ

口語

行	例詞	詞幹＼詞尾	未然形	連用形	終止形	連體形	假定形	命令形
ア行	得《え》る	(得)	え	え	える	える	えれ	え ろ よ
カ行	受ける	受《う》	け	け	ける	ける	けれ	け ろ よ
ガ行	投げる	投《な》	げ	げ	げる	げる	げれ	げ ろ よ
サ行	寄せる	寄《よ》	せ	せ	せる	せる	せれ	せ ろ よ
ザ行	交ぜる	交《ま》	ぜ	ぜ	ぜる	ぜる	ぜれ	ぜ ろ よ
タ行	捨てる	捨《す》	て	て	てる	てる	てれ	て ろ よ
ダ行	出《で》る	(出《で》)	で	で	でる	でる	でれ	で ろ よ

主要接續法	ナ行 兼ね 兼《か》	ハ行 数ふ 数《かぞ》	バ行 述ぶ 述《の》	マ行 求む 求《もと》	ヤ行 覚ゆ 覚《おぼ》	ラ行 流る 流《なが》	ワ行 植う 植《う》
ず む	ね	へ	べ	め	え	れ	ゑ
たり て	ね	へ	べ	め	え	れ	ゑ
結句	ぬ	ふ	ぶ	む	ゆ	る	う
體言	ぬる	ふる	ぶる	むる	ゆる	るる	うる
ども	ぬれ	ふれ	ぶれ	むれ	ゆれ	るれ	うれ
用命令 結句	ねよ	へよ	べよ	めよ	えよ	れよ	ゑよ

主要接續法	ナ行 兼ねる 兼《か》	ア行 数える 数《かぞ》	バ行 述べる 述《の》	マ行 求める 求《もと》	ア行 覚える 覚《おぼ》	ラ行 流れる 流《なが》	ア行 植える 植《う》
ない う	ね	え	べ	め	え	れ	え
ます た、て	ね	え	べ	め	え	れ	え
結句	ねる	える	べる	める	える	れる	える
體言	ねる	える	べる	める	える	れる	える
ば	ねれ	えれ	べれ	めれ	えれ	れれ	えれ
用命令 結句	ねろ／ねよ	えろ／えよ	べろ／べよ	めろ／めよ	えろ／えよ	れろ／れよ	えろ／えよ

（注）

可能動詞：口語中五段活用動詞「書く」「飲む」「走る」等詞，可變為「書ける」「飲める」「走れる」等帶有可能意思的下一

段活用動詞，把這種動詞叫做可能動詞。它們沒有命令形。

行	例詞	詞幹／詞尾	未然形	連用形	終止形	連體形	假定形	命令形
カ行	書ける	か（書）	け	け	ける	ける	けれ	○
マ行	飲める	の（飲）	め	め	める	める	めれ	○
ラ行	走れる	はし（走）	れ	れ	れる	れる	れれ	○

而在文語語法中，卻沒有與口語相應的可能動詞。

6　上一段活用：

文語動詞「見る」，詞尾落在「み」上，屬於イ段活用，其終止形、連體形是「みる」，已然形是「みれ」，命令形是「みよ」，把上述活用叫做上一段活用。

相當於文語動詞「見る」的口語動詞「見る」，「み」也落在五十音圖的「イ」段上，其終止形、連體形都是「みる」，假定形是「みれ」，命令形是「みよ」，把這種活用也叫做上一段活用。

文語

行	例詞	詞幹／詞尾	未然形	連用形	終止形	連體形	已然形	命令形
カ行	着《き》る	（着《き》）	き	き	きる	きる	きれ	きよ

口語

行	例詞	詞幹／詞尾	未然形	連用形	終止形	連體形	假定形	命令形
カ行	着る	（着《き》）	き	き	きる	きる	きれ	きよ きろ

マ行	見《み》る	（見）	み	み	みる	みる	みれ	みよ
ワ行	居《ゐ》る	（居）	ゐ	ゐ	ゐる	ゐる	ゐれ	ゐよ
主要接續法			ず、む	たり、て	結句	體言	ども	用命令 結句

マ行	見る	（見）	み	み	みる	みる	みれ	みろ みよ
ア行	居《い》る	（居）	い	い	いる	いる	いれ	いろ いよ
主要接續法			ない、う	ます、た、て	結句	體言	ば	用命令 結句

（注）

① 如上表的上一段活用動詞，其詞幹、詞尾是沒有區別的。

② 文語上一段活用動詞共有：カ行——着《き》る，ナ行——似《に》る、煮《に》る，ハ行——干《ひ》る（乾る）、簸《ひ》る，マ行——見る、顧《かへり》みる、試《こころ》みる、惟《おもん》みる、鑑《かんが》みる，ヤ行——射《い》る、鋳る，ワ行——居《ゐ》る、率《ゐ》る（率ゐる）、用ゐる，共十五個。

③ 文語中動詞「居《ゐ》る」是ワ行上一段，「居り」卻是ラ行變格活用。分別相當於口語的「居《い》る」，上一段活用動詞，而「居る」卻是ラ行五段活用動詞。

7 上二段活用：

文語動詞「起く」，其活用詞尾是「き、く」在五十音圖的「イ、ウ」二段上，連體形加「る」，已然形加「れ」，命令形加「よ」，這種變化的活用叫做上二段活用。

相當於文語動詞「起く」的口語動詞「起きる」卻是上一段活用動詞從室町時代開始，文語連體形「く

る」這一活用形就不再用了，逐漸一段化了，一律落在「イ」段上。

文語

行	例詞	詞幹＼詞尾	未然形	連用形	終止形	連體形	已然形	命令形
カ行	起く	起《お》	き	き	く	くる	くれ	きよ
ダ行	恥づ	恥《は》	ぢ	ぢ	づ	づる	づれ	ぢよ
ハ行	強ふ	強《し》	ひ	ひ	ふ	ふる	ふれ	ひよ
ヤ行	老ゆ	老《お》	い	い	ゆ	ゆる	ゆれ	いよ
主要接續法			ず む	たり て	結句	體言	ども	用命令 結句

口語

行	例詞	詞幹＼詞尾	未然形	連用形	終止形	連體形	假定形	命令形
カ行	起きる	起《お》	き	き	きる	きる	きれ	きろ よ
ザ行	恥じる	恥《は》	じ	じ	じる	じる	じれ	じろ よ
ア行	強いる	強《し》	い	い	いる	いる	いれ	いろ よ
ア行	老いる	老《お》	い	い	いる	いる	いれ	いろ よ
主要接續法			ない う	ます た、て	結句	體言	ば	用命令 結句

(注)

① 文語中ダ行上二段動詞「恥づ」「閉づ」等於口語動詞的ザ行上一段活用。

② 文語中ハ行上二段活用動詞「強《し》ふ」相當於口語上一段活用動詞。

③ 文語中ヤ行上二段活用動詞「老《お》ゆ」「悔《く》ゆ」「報《むく》ゆ」三個詞相當於口語ア行上一段活用動詞。

8 サ行變格活用：

文語動詞「す」的活用分別在せ（ぜ）、し（じ）、す（ず）即五十音圖的「エ、イ、ウ」三個段上。連體形加「る」，已然形加「れ」，命令形加「よ」。這種活用動詞叫做サ行變格活用。

相當於文語「す」的口語動詞「する」，其活用分別在「さ、し、す、せ」即五十音圖的「ア、イ、ウ、エ」四個段上，其終止形、連體形加「る」，假定形加「れ」，命令形加「ろ よ」。這種活用也叫做サ行變格活用。

文語

行	例詞	詞幹＼詞尾	未然形	連用形	終止形	連體形	已然形	命令形
サ行	す	（為）	せ	し	す	する	すれ	せよ（せ）
ス行	信ず	信《しん》	ぜ	じ	ず	ずる	ずれ	ぜよ（ぜ）
主要接續法			ず む	たり て	結句	體言	ども	用命令 結句

口語

行	例詞	詞幹＼詞尾	未然形	連用形	終止形	連體形	假定形	命令形
サ行	する	（為）	さ し せ	し	する	する	すれ	せよ しろ
ス行	信ずる	信《しん》	ぜ じ	じ	ずる	ずる	ずれ	ぜよ じろ
主要接續法			ない う	ます た、て	結句	體言	ば	用命令 結句

（注）

① 文語サ行變格活用動詞，原來就是一個「す」，後來又和其他詞相結合，構成複合サ行變格活用動詞，有的音「サ」變爲「ザ」。

例：罪《つみ》す、物《もの》す、全《また》うす、訳す、重んず、先んず、通ず、……等。

② 文語中的サ變動詞「訳す」「愛す」分別等於口語サ變動詞「訳する」「愛する」和五段活用動詞「訳す」「愛す」。

③ 文語中複合サ變動詞「重んず」「信ず」分別等於口語サ變動詞「重んずる」「信ずる」和サ行上一段活用動詞「重んじる」「信じる」兩種活用動詞。

9　カ行變格活用：

文語動詞「来《く》」，其詞尾活用「こ、き、く」即五十音圖的「オ、イ、ウ」三個段上，連體形加「る」，已然形加「れ」，命令形加「よ」。這種活用叫做カ行變格活用。

相當於文語「来《く》」的口語動詞「来《く》る」，其詞尾活用也在「こ、き、く」即五十音圖的「オ、イ、ウ」三個段上，其終止形、連體形加「る」，假定形加「れ」，命令形加「い」。這種活用也叫做カ行變格活用。

文語								
行	例詞	詞尾／詞幹	未然形	連用形	終止形	連體形	已然形	命令形
カ行	来《く》	（来）	こ	き	く	くる	くれ	こよ（こ）
主要接續法			ず、む	たり、て	結句	體言	ども	用命令結句

口語								
行	例詞	詞尾／詞幹	未然形	連用形	終止形	連體形	假定形	命令形
カ行	来る	（来）	こ	き	くる	くる	くれ	こい
主要接續法			ない、う	ます、た、て	結句	體言	ば	用命令結句

（注）

① カ行變格活用動詞，文語中只有「来」一詞，口語中也只有「来る」一詞。

② 文語動詞「来」的命令形，有時也只用「こ」。

附・文語動詞活用總表

種類	行	例詞	詞幹	未然形	連用形	終止形	連體形	已然形	命令形
四段	カ	聞く	き	か	き	く	く	け	け
	ガ	急ぐ	いそ	が	ぎ	ぐ	ぐ	げ	げ
	サ	貸す	か	さ	し	す	す	せ	せ
	タ	勝つ	か	た	ち	つ	つ	て	て
	ハ	買ふ	か	は	ひ	ふ	ふ	へ	へ
	バ	呼ぶ	よ	ば	び	ぶ	ぶ	べ	べ
	マ	読む	よ	ま	み	む	む	め	め
	ラ	取る	と	ら	り	る	る	れ	れ
ナ變	ナ	死ぬ	し	な	に	ぬ	ぬる	ぬれ	ね
ラ變	ラ	有り	あ	ら	り	り	る	れ	れ
下一段	カ	蹴る	（け）	け	け	ける	ける	けれ	けよ

種類	行	例詞	詞幹	未然形	連用形	終止形	連體形	已然形	命令形
上一段	カ	着る	(き)	き	き	きる	きる	きれ	きよ
	ナ	煮る	(に)	に	に	にる	にる	にれ	によ
	ハ	干す	(ひ)	ひ	ひ	ひる	ひる	ひれ	ひよ
	マ	見る	(み)	み	み	みる	みる	みれ	みよ
	ヤ	射る	(い)	い	い	いる	いる	いれ	いよ
	ワ	居る	(ゐ)	ゐ	ゐ	ゐる	ゐる	ゐれ	ゐよ
上二段	カ	起く	お	き	き	く	くる	くれ	きよ
	ガ	過ぐ	す	ぎ	ぎ	ぐ	ぐる	ぐれ	ぎよ
	タ	落つ	お	ち	ち	つ	つる	つれ	ちよ
	ダ	恥づ	は	ぢ	ぢ	づ	づる	づれ	ぢよ
	ハ	強ふ	し	ひ	ひ	ふ	ふる	ふれ	ひよ
	バ	浴ぶ	あ	び	び	ぶ	ぶる	ぶれ	びよ
	マ	恨む	うら	み	み	む	むる	むれ	みよ
	ヤ	報ゆ	むく	い	い	ゆ	ゆる	ゆれ	いよ
	ラ	懲る	こ	り	り	る	るる	るれ	りよ

種類	行	例詞	詞幹	未然形	連用形	終止形	連體形	已然形	命令形
下二段	ア	得	（え）	え	え	う	うる	うれ	えよ
	カ	受く	う	け	け	く	くる	くれ	けよ
	ガ	投ぐ	な	げ	げ	ぐ	ぐる	ぐれ	げよ
	サ	載す	の	せ	せ	す	する	すれ	せよ
	ザ	混ず	ま	ぜ	ぜ	ず	ずる	ずれ	ぜよ
	タ	捨つ	す	て	て	つ	つる	つれ	てよ
	ダ	出づ	い	で	で	づ	づる	づれ	でよ
	ナ	寝ぬ	い	ね	ね	ぬ	ぬる	ぬれ	ねよ
	ハ	経	（へ）	へ	へ	ふ	ふる	ふれ	へよ
		教ふ	をし						
	バ	比ぶ	くら	べ	べ	ぶ	ぶる	ぶれ	べよ
	マ	攻む	せ	め	め	む	むる	むれ	めよ
	ヤ	越ゆ	こ	え	え	ゆ	ゆる	ゆれ	えよ
	ラ	流る	なが	れ	れ	る	るる	るれ	れよ
	ワ	植う	う	ゑ	ゑ	う	うる	うれ	ゑよ
サ變	サ	す	（す）	せ	し	す	する	すれ	せよ
カ變	カ	来	（く）	こ	き	く	くる	くれ	こ（よ）

㈢文語動詞的活用形及其用法

文語動詞的活用形和口語動詞一樣，也有六種。

口語——未然形、連用形、終止形、連體形、假定形、命令形。

文語——未然形、連用形、終止形、連體形、已然形、命令形。

從二者比較可看出：只有假定形不同，文語叫做已然形。口語動詞的假定形連接接續助詞「ば」，主要用來表示假定條件，所以叫做假定形。而文語的假定條件卻連接在未然形下面。如口語：打てばひびこう，文語則是：打たばひびかむ。（一敲就響。）口語假定形的相應文語則是已然形，連接「ど」「ども」「ば」等表示確定條件。

1 未然形

（文語）

文語未然形續用來表示否定、推量、假定的助動詞或助詞，主要表示尚未實現的動作或狀態。

また知らず。

《方丈記》

（我亦不知。）

（口語）

口語未然形後續否定助動詞「ない」推量助動詞「う」表示推量和否定。

また知らない。

惜しと思はば……

《徒然草》

（如果覺得可惜（的話）……）

もし惜しいと思うならば……

後に迎へに来む。

《更級日記》

（而後，前來迎接吧！）

後で迎えに来よう。

2　連用形

文語連用形用以連接用言，表示中頓，和名詞化。

口語也有相似用法：連接用言，句中中頓連用形名詞化。

蛍のおほく飛び違ひたる。

《枕草子》

（許多螢火蟲飛來飛去。）

蛍がたくさん飛び交っている。

東西に急ぎ南北に走る。

《徒然草》

（東奔西跑，南北穿梭。）

東西に急ぎ、南北に走《はし》る。

よろづの遊びをぞしける。

《竹取物語》

（盡情玩味（管絃樂）。）

あらゆる（管弦の）遊びをした。

3 終止形

文語終止形用來結束句子。

口語終止形用來結句。

籠《こ》に入れて養ふ。

《竹取物語》

（裝在籠中餵食。）

籠《かご》に入れて養う。

4 連體形

文語連體形有如下用法：

(1)後續體言做定語。

(2)用係助詞「ぞ」「や」「か」「なむ」等呼應用以結句。

(3)用以句尾表示詠嘆。

(4)也可直接用來充當體言。

食ひに食ふ音のしければ……《宇治拾遺物語》（只聽到不停地吃東西的聲音。）

波の白きのみぞ見ゆる。《土佐日記》（只見白浪滔滔。）

桃の花のいま咲きはじむる。《枕草子》（桃花含苞欲放。）

口語連體形用法簡單，只能用來連接體言，充當句中定語。

ひたすら食べる音がしたので……

波の白いのだけが見える。

桃の花がいま咲きはじめる。

音あまたび聞こゆる、いと心にくし。

《枕草子》

音が何度も聞こえるのは、たいそうおくゆかしい。

（屢次聽到（將棋子放入棋盒裡的）聲音，頗感情趣誘人。）

5　已然形

文語已然形有如下用法：

口語無已然形，與此相應的活用形爲假定形，用以表示假定條件。

(1)接「ば」表示原因、理由，相當於口語的「から」「ので」。

(2)接「ば」表示確定條件，相當於口語的終止形加「と」意爲：「……則……」「……就……」。

(3)與係助詞「こそ」相呼應，用在句末結句，表示突出強調的意思。

風吹けばえいで立たず。

《土佐日記》

風が吹くので、出発できない。

（因起風，不能出發。）

財あればおそれ多く。

《方丈記》

（多財則多憂。）

財産があると、心配事が多く。

もののあはれは秋こそまされ。

《徒然草》

（自然情趣之深，莫過於秋天。）

しみじみとした物の情趣は秋がいちばんまさる。

6　命令形

以命令的方式結句。

口語命令形與文語相同。

汝、よく聞け。

《今昔物語集》

（你，好好聽著！）

おまえよ、よく聞け。

㈣文語動詞的用例：

文語	口語
1　四段活用	五段活用
(1)未然形	未然形
内に入りてそそのかせど、女はさらに聞かず。《源氏物語》（雖進去勸說，她卻置之不理。）	中に入って誘っても女は全然聞かない。
まつとし聞かば、今帰りこむ（ん）《古今集・別離》（如果知道了（妳）在等待，就即刻返回吧。）	（あなたが）待っているということを聞いたら、すぐ帰ってきましょう。（連用形）
親の合はすれども、聞かでなむありける。《伊勢物語》	親が縁談を勧めたが、聞かないままで暮らしていた。

（父母想給提親，他（她）卻執意不要（不嫁）。）

(2)連用形

かたはらいたしと聞きけり。《源氏物語》
（那管弦聽得心裡不太舒服。）
——心苦しいことだと（思いながら）聞いていた。
連用形

郭公《ほととぎす》や聞き給へる。《徒然草》
（聽到杜鵑叫了嗎？）
——ほととぎすの鳴き声をお聞きになりましたか。

常に聞きたきは琵琶《びわ》・和琴。《徒然草》
（但願經常聽到琵琶、和琴的聲音。）
——いつも聞きたいものは琵琶《びわ》・和琴の音。

わが聞きにかけてな言ひそ。《萬葉集》
（不要讓我聽到。）
——わたしの耳に聞こえるように言わないでくれ。
（連體形）　（未然形）

(3)終止形
——
終止形

黒髪の白くなるまで妹がこゑを聞く。

《萬葉集》

（耳邊常常聽到妹妹細語，直至黑髮變白頭。）

黒い髪の毛が白くなるまで、あの娘の声を聞く。

夏はほととぎすを聞く。

《方丈記》

（夏聽杜鵑聲。）

夏にはほととぎすの鳴き声を聞く。

⑷連體形

聞く人また驚き問ふ。

《古今著聞集》

（聽的人亦吃驚地尋問道。）

聞く人がまた驚いて尋ねる。

見るもの聞くものにつけて

《古今集・序》

（以所見所聞爲據）

見るもの聞くものに託して

⑸已然形

花に鳴くうぐひす、水にすむかはづの声を聞けば……《古今集・序》（但聞花中鶯，水中蛙）

⑹命令形

汝、よく聞け。《今昔物語集》（喂，好好聽聞。）

2　ラ行變格活用

⑴未然形：

深きゆゑあらむ。《徒然草》（必有很深刻原因吧。）

花に鳴くうぐいす、水に住む蛙の声を聞くと……

命令形

汝よ、私の言うことをよく聞け。

五段活用

未然形

深いわけがあるのだろう。（連體形）

京にはあらじ。
《伊勢物語》（不願住京城了。）

もう都には居るまい。（終止形）

わが心にあらざるぞかし。
《玉勝間》（非我意也。）

わたしの本意ではないのだ。（連體形）

紫草の匂へる妹を憎くあらば
《萬葉集》（倘若怨恨紫草般芳香美麗的妳……）

紫草のように美しいあなたを憎く思うならば……

⑵連用形

昔男ありけり。
《伊勢物語》（從前有一個男子。）

連用形

昔（ある）男がいた。

⑶終止形

心細く住みなしたる庵あり。

《徒然草》

（有一人（厭世人）孑然而居的草庵。）

終止形

ものさびしく住んでいる人の庵がある。

おのがもとにめでたき琴はべり。

《枕草子》

（在我這裡有一架好琴（七弦琴）。）

私のところに結構な琴（七弦の琴）がございます。

⑷連體形

懈忌の心あることを知らんや。

《徒然草》

（豈不知等閒之心既存。）

連體形

怠け心の存することを知るだろうか。

⑸已然形

さすがに住む人のあればなるべし。

《徒然草》

（這畢竟是因爲有人住著的緣故。）

やはり住む人がいるからであろう。

財あれば恐れ多く、……
《方丈記》
（多才者多憂。）

財産があると心配も多く、……

(6)命令形

なほここにあれ。
《源氏物語》
（就待在這兒。）

命令形

やはりここにいなさい。

（注）文語「ラ行變格活用」動詞只有「あり」「居《を》り」「侍《はべ》り」「いまそがり（いますがり）」四個。

3　ナ行變格活用

五段活用

(1)未然形

命死なばいかがはせむ。
《竹取物語》
（如果死了，該怎麼辦呢？）

未然形

もし死んだら、どうしよう。
（連用形）

(2)連用形

病気にて死にけり。

《落窪物語》

（因病死去。）

連用形

病気で死んだ。

(3)終止形

炎にまくれてたちまちに死ぬ。

《方丈記》

（被捲入火中，立即喪生。）

終止形

炎に目がくらんで急死する。

(4)連體形

かくまじなはねば死ぬるなりと申せば……

《徒然草》

（人們都說，若不這樣祈禱，就會死的。）

連體形

こうしておまじないをしないと死ぬのだと申すので……

(5)已然形

多くの人死ぬれば、

《宇津保物語》

（因爲死了很多人。）

大勢の人が死んだので……

(6)命令形

憎し。とく死ねかし。

《落窪物語》

（眞可惡，趕快死了吧。）

命令形

憎らしい。さっさと死ねよ。

（注）文語「ナ行變格活用」動詞只有「死ぬ」、「往《い》ぬ」兩個。

4　下一段活用

五段活用

(1)未然形

鞠《まり》を蹴《け》むと思ふ心つきて、西より東へ蹴りて渡りけり。

《古今著聞集》

（心中起了踢毽球的念頭，於是便從西到東地踢了起來。）

未然形

鞠を蹴ろうと思う気持ちがとりついて、西から東へと蹴ってまわった。

かの典薬の助は蹴られたりしを病にて死にけり。

《落窪物語》

（那個司藥次官，被踢傷後，臥病而死。）

あの典薬の助は蹴られたのがもとで病気になって死んでしまった。

(2)連用形

男の尻をふたと蹴たりければ

《今昔物語集》

（「呼」地踢了他屁股一腳。）

男の尻をポンと蹴ったところが……

連用形

(3)終止形

さと寄りて、一足《ひとあし》づつ蹴る。

《落窪物語》

（忽地圍上來，各踢一腳。）

さっと近寄って一足ずつ蹴る。

終止形

(4)連體形

右へも左へも帰り合はせて蹴るを言ふ。

《遊庭秘抄》

右にも左にもちゃんと鞠の入るところに帰ってきて蹴るのを言う。

連體形

（指無論向左向右都能準確地到位，將球踢起。）

(5)已然形

円子川蹴ればぞ波はあがりける。

《源平盛衰記》

円子川の水を蹴ったので、波がとび散った。

（一蹴元子川水而激起波浪。）

(6)命令形

この尻を蹴よ。

《今昔物語集》

命令形

この尻を蹴れ。

（踢其臀部。）

（注）文語「下一段活用動詞」只有「蹴る」一個。

5　下二段活用

下一段活用

(1)未然形

神は受けずぞなりにけらしも。

《古今集・戀一》

未然形

神様はお受けなさることもなく、終わってしまったらしいなあ。

（求神不應，而就此罷休了。）

(2)連用形

「よきことなり」と受けつ。

《竹取物語》（曰「此乃好事」而允諾。）

連用形

「いいことだ」と言って引き受けた。

(3)終止形

力衰へて分を知らざれば病を受く。

《徒然草》（力不從心，若不量力而行，勢必會傷身。）

終止形

体力が弱くなっているのに、身のほどを知らないので、病気にかかった。

(4)連體形

病を受くることも多くは心より受く。

《徒然草》（諸多病因往往在於心緒不佳。）

連體形

病気になることも多くは心の持ち方が原因となる。

(5)已然形

東の中の御門ゆ参り来て命受くれば……

《萬葉集》

（由東側宮門參拜領命後……）

東の御門から参上して御命令を受けると……

(6)命令形

会ひて受けよ。

《古本説話集》

（去見並收下。）

命令形

出会って受けなさい。

6　上一段活用

(1)未然形

神へ参るこそ本意なれと思ひて山までは見ず。

《徒然草》

（拜神才是本來的目的，故無須看山。）

上一段活用

未然形

神社へ参拝するのが本来の目的なのだと思って山の上までは見ませんでした。

（連用形）

(2)連用形

月を見ては、いみじく泣きたまふ。

《竹取物語》（望著月亮，失聲痛哭。）

連用形

月を見ては、ひどくお泣きになる。

(3)終止形

春は藤波《ふぢなみ》を見る。

《方丈記》（春觀藤物波。）

終止形

春は藤の花の波を見る。

(4)連體形

世の不思議を見ること、やや度々なりぬ。

《方丈記》（觀世之無常，屢見不鮮。）

連體形

世間の無常を観ずることは度々のことである。

(5)已然形

この子を見れば、苦しきことも止みぬ。　《竹取物語》

（一看見這孩子，便忘卻了苦衷。）

この子を見ると苦しいことも止んだ。

(6)命令形　　命令形

この影を見れば、いみじう悲しな。これ見よ。　《更級日記》

（一見到鏡中面容，實在難過，看這個……）

鏡に映った姿を見ると、非常に悲しいなあ。これを見なさい。

7　上二段活用　　上一段活用

(1)未然形　　未然形

人間《じんかん》の大事、この三つには過ぎず。　《徒然草》

（人生大事，莫過於（衣、住、食）三件大事。）

世の中の大事なことはこの三つに過ぎない。

(2)連用形　　連用形

京の花盛りは皆過ぎにけり。

《源氏物語》

（京城花時皆已過。）

春過ぎて夏来たるらし。

《萬葉集》

（似春去夏來。）

(3)終止形

清見が関《せき》を過ぐ。

《萬葉集》

（過清見關。）

(4)連體形

日数の早く過ぐるほどぞ物にも似ぬ。

《徒然草》

（光陰飛逝，無與倫比。）

都の花盛りの時期はすっかり過ぎてしまった。

春が過ぎて、夏が来たようだ。

終止形

清見が関を通り過ぎる。

連體形

日数が早く経過することは、比べるようもないほどだ。

一生の恥、これに過ぐるはあらじ。
《竹取物語》
（畢生恥辱莫過於此。）

一生の恥もこれに過ぎるものはあるまい。

(5)已然形

過ぐれば民の嘆きなり。
《金槐集》
（過度即爲民之憂。）

程度が過ぎると、庶民の嘆きの種です。

行き過ぐれば、はるばると浜に出でぬ。
《蜻蛉日記》
（穿過那裡，便來到了寬闊的海濱。）

そこを過ぎると、広々とした浜に出た。

(6)命令形

商《あきな》ひをして過ぎよ。
《お伽草子》
（行商以餬口吧！）

命令形

商いをして暮しなさい。

8　カ行變格活用（来《く》）

⑴未然形

後に迎へに来《こ》む。

《更級日記》

（而後將要來迎接。）

⑵連用形

春来《き》ぬと人は言へどもうぐひすのなかぬかぎりはあらじとぞ思ふ。

《古今集・春上》

（春至笑，人人這般云，切莫信，黃鶯尤來鳴。）

⑶終止形

人々たえずとぶらひに来《く》。

《土佐日記》

（人們不斷來訪。）

カ行變格活用（来《く》る）

未然形

後で迎えに来よう。

連用形

春が来たと人々は言うがうぐいすが鳴かない限り、私は信じない。

終止形

人々はひっきりなしに訪ねて来る。

(4)連體形

亡き人の来る夜とて……

《徒然草》

（說是亡靈歸來之夜。）

連體形

亡くなった人の魂がこの世に帰って来る夜だといって……

(5)已然形

春来れば、雁《かり》帰るなり。

《古今集・春上》

（春來雁北歸。）

春が来るので、雁が帰って行くようだ。

(6)命令形

あっぱれ、よかろう敵の出で来よかし。

《平家物語》

（喂，敢與我交鋒的，快出來。）

命令形

ああ、りっぱな敵が出て来いよ。

いづら猫は、こちゐて来《こ》。

《更級日記》

どこなの、猫は。こちらへ連れて来なさい。

（貓那兒去了，抱到這邊兒來！）

（注） 文語「カ變」也如同口語一樣只有一個動詞「来」。

9　サ行變格活用（す）

(1)未然形

はつる暁まで門《かど》たたく音もせず。

《枕草子》

（直到天明終無叩門聲。）

いかがはせんと惑《まど》ひけり。

《徒然草》

（不知如何是好，慌作一團。）

(2)連用形

鬼のやうなるもの出で来て、殺さんとしき。

《竹取物語》

サ行變格活用（する）

未然形

夜が明ける暁まで門を叩く音もしない。

どうしたらよかろうかと、とまどった。

（連用形）

連用形

鬼のようなものが出て来て、殺そうとした。

（有妖怪跳出欲殺之。）

(3)終止形

うち嘆き泣きなどす。《竹取物語》

（一邊嘆氣，一邊流淚。）

終止形

嘆いたり泣いたりする。

家の作りやうは、夏をむねとすべし。《徒然草》

（設計房屋應以夏季爲主。）

家の作り方は、夏を主とすべきだ。

(4)連體形

わが入らむとする道は、いと暗う細きに……《伊勢物語》

（欲行之路，既暗又窄。）

連體形

自分たちの行こうとする道はたいへん暗くて細いうえに……

(5)已然形

打ち割らんとすれどたやすく割れず。

叩き割ろうとするが、簡単には割れない。

《徒然草》

（欲將眞砸破，卻幾試未成。）

立つ音のすれば、帰り給ひぬ。

立つ音がするので（源氏の君は）お帰りになった。

《源氏物語》

（聞（僧都）起身，（源氏）轉身即回。）

⑹命令形

命令形

これを手本にせよ。

これを手本にしなさい。

《更級日記》

（以此爲様本。）

（注） サ行變格活用動詞，文語中雖然只有「為《す》」字，但卻和口語一様，一旦和漢語詞彙相結合，就構成一系列漢語動詞。如「勉強す＝勉強する」。

㈤動詞的音便：

爲了發音上方便，使某種音發生變化，並根據音的變化，在文字上也要隨著改寫，這就叫做音便。在文語中的音便主要發生在：四段活用、ラ行變格活用。ナ行變格活用的連用形下接「て」時，發生音便現象。文語音便分爲四種：イ音便、促音便、撥音便和ウ音便。

口語五段活用動詞的連用形下接「て、た」時，發生音便現象，有三種：イ音便、促音便和撥音便。

	種類	實例		原音→變音
文語	イ音便	カ行四段 ガ行四段 サ行四段	咲きて→咲いて 泳ぎて→泳いで おぼして→おぼいて	き、ぎ、し→（い）
	促音便	タ行四段 ハ行四段 ラ行四段 ラ行變格	立ちて→立って 言ひて→言って 散りて→散って ありて→あって	ち、ひ、り→（っ）
口語	イ音便	カ行五段 ガ行五段	咲きて→咲いて　たて 泳ぎて→泳いで　だで	き、ぎ→（い）
	促音便	タ行五段 ワ行五段 ラ行五段	立ちて→立って　たて 言いて→言って　たて ありて→あって　たて	ち、い、り→（っ）

文語				口語			
撥音便	バ行四段 マ行四段 ナ行變格	呼びて→呼んで 読みて→読んで 死にて→死んで	び み に →（ん）	撥音便	バ行五段 マ行五段 ナ行五段	呼びて→呼んで／だ 読みて→読んで／だ 死にて→死んで／だ	び み に →（ん）
ウ音便	ハ行四段 バ行四段 マ行四段	思ひて→思うて 忍びて→忍うで 頼みて→頼うで	ひ び み →（う）				

（注）

① 「行く」在文語裡是カ行四段，發イ音便，「行きて」→「行いて」，在口語裡不發生イ音便，而發促音便爲「行きて」—「行って／た」。

② 口語中ウ音便不認爲是標準說法，因此省略。

③ 音便在文語中使用與否，聽其用者之自由，而在口語中，則非使用不可。

④ ウ音便是文語中特殊的音便現象，如「ハ」行四段活用動詞連用形加「て」時發生音便。「食ふ」—「食うて」。

㈥自動詞和他動詞：

像「花咲く」的「咲く」一詞，只表示主體的狀態，而沒有必要出現及與的對象——賓語，把這種動詞叫做自動詞。反之，像「われ花を折る」的「折る」，如僅僅表示主體的動作還是不夠的，還必須有動作及所與的對象——賓語，這種動詞叫做他動詞。動詞中如何區別自動詞和他動詞，其規律如下：

（文語）

1　自動詞、他動詞的活用相同：

（自）風吹く。（カ行四段）

（他）火を吹く。（カ行四段）

2　基本形相同，而活用不同：

⑴自動詞四段，他動詞下二段：

（自）家並ぶ。（バ行四段）

（他）馬を並ぶ。（バ行下二段）

⑵自動詞下二段，他動詞四段：

（自）山焼く。（カ行下二段）

（他）山を焼く。（カ行四段）

（口語）

1　自動詞、他動詞的活用相同：

（自）風が吹く。（カ行五段）

（他）火を吹く。（カ行五段）

2　詞的一部分相同：

⑴自動詞五段，他動詞下一段：

（自）家が並ぶ。（バ行五段）

（他）馬を並べる。（バ行下一段）

⑵自動詞下一段，他動詞五段：

（自）山が焼ける。（カ行下一段）

（他）山を焼く。（カ行五段）

3　詞的一部分相同：
（自）人集まる。（ラ行四段）
（他）人を集む。（マ行下二段）

3　自動詞五段，他動詞下一段。
人が集まる。（ラ行五段）
人を集める。（マ行下一段）

㈦文口語表示原因、條件、讓步的用法比較：

		形式	意義	例句	中譯
文語	順態	未然形＋ば	（條件）（若…就…）	書を読まば明らかならむ。	（若讀書，就明白。）
		已然形＋ば	（條件）（則…就…） （原因）（因爲…所以… ）	書を読めば明らかなり。	（讀書則明。） （因爲讀書所以就明白。）
	逆態	終止形＋とも	（即使…也…）	書を読むとも明らかならじ。	（即使讀書也未必明。）
		已然形＋ども ど	（雖然…但是…）	書を読めども ど　明らかならず。	（雖然讀書多，但還不明白。）
口語	順態	連用形＋ては		んで	
		終止形＋と	（若…就…）	本を読むとはっきりするだろう。	（若是讀書的話就會明白。）
		假定形＋ば		めば	
	逆態	連用形＋ても	（即使…也…）	本を読んでもはっきりしないだろう。	（即使讀書也還不明白。）
		終止形＋けれども が	（雖然…但是…）	本を読むけれども が　はっきりしない。	（雖然讀書，但還是不明白。）
		連體形＋のに	（儘管…卻…）	本を多く読むのに、効果がない。	（儘管讀很多書，卻沒效果。）

二、形容詞

形容詞是以終止形「し」結尾，表示事物的性質和狀態的詞，是有活用的獨立詞，可作描寫句中的述語。

文語形容詞有「ク」活用及「シク」活用兩種。

㈠形容詞的活用：

文語形容詞的活用和動詞一樣，有六個活用形，而口語則沒有命令形。

文語

高から む	楽しから む	未然形
高く ば	楽しく ば	未然形
高から ず	楽しから ず	未然形
高く なる	楽しく なる	連用形
高かり き	楽しかり き	連用形
高し	楽し	終止形
高き 山	楽しき 時	連體形
高かる べし	楽しかる べし	連體形
高けれ ども	楽しけれ ども	已然形
高かれ	楽しかれ	命令形

口語

高かろ う	楽しかろ う	未然形
高く なる	楽しく なる	連用形
高く ない	楽しく ない	連用形
高かっ た	楽しかっ た	連用形
高い	楽しい	終止形
高い 山	楽しい 時	連體形
高けれ ば	楽しけれ ば	假定形

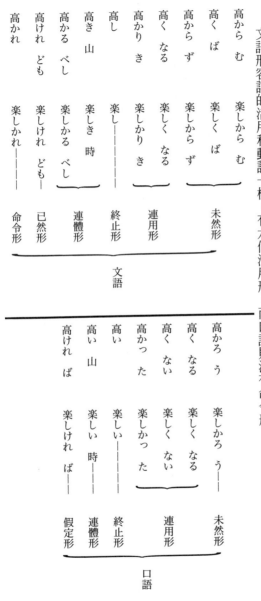

（注）

① 表示假定時，口語是假定形＋ば，而文語是未然形＋ば—「くば」。

② 文語上「よければ」表示確定條件，等於口語的「よいと」「よいから」的意思。

(二)形容詞的活用表

文語

種類	例詞	詞幹	未然形	連用形	終止形	連體形	已然形	命令形
ク活用	良《よ》し	よ	く	く	し	き	けれ	○
			から	かり	○	かる	○	かれ
シク活用	正《ただ》し	ただ	しく	しく	し	しき	しけれ	○
			しから	しかり	○	しかる	○	しかれ
主要接續法			ば ず	なる き	結句	とき べし	ども	用命令 結句

口語

種類	例詞	詞幹	未然形	連用形	終止形	連體形	假定形	命令形
ク活用	良《よ》い	よ	かろ	く かっ	い	い	けれ	○
シク活用	正《ただ》しい	ただし						
主要接續法			う	なる ない た	結句	とき	ば	

（注）

① 文語中由於形容詞詞幹不同，分為「ク」活用和「シク」活用兩種：

「ク活用」

赤《あか》し　青《あを》し　白《しろ》し　黒《くろ》し　高《たか》し　低《ひく》し　長《なが》し　短《みじか》し　多《おほ》し　少《すくな》し
善《よ》し　悪《わる》し　厚《あつ》し　薄《うす》し　痛《いた》し　寒し　暑《あつ》し　冷《つめ》たし　温《あたた》かし　強《つよ》し
弱《よわ》し　硬《かた》し　柔《やはら》かし　重《おも》し　軽し　太《ふと》し　細《ほそ》し　広《ひろ》し　狭《せま》し　速《はや》し
遅《おそ》し　近《ちか》し　遠《とほ》し　明《あか》るし　暗《くら》し　辛《つら》し　甘《あま》し　苦《にが》し　深《ふか》し　浅《あさ》し
古《ふる》し　永《なが》し　易《やす》し　難《かた》し　……

「シク活用」

新《あたら》し　親《した》し　嬉《うれ》し　悲《かな》し　楽《たの》し　苦《くる》し　賤《いや》し　正《ただ》し　涼《すず》し　美《うつく》し
宜《よろ》し　貧《まづ》し　寂《さび》し　恐《おそろ》し　忙《いそが》し　悔《くや》し　久《ひさ》し　惜《を》し　詳《くわ》し　乏《とぼ》し
珍《めづら》し　痛《いた》まし　頼《たの》もし　喜《よろこ》ばし　苦苦《にがにが》し　若若《わかわか》し　毒毒《どくどく》し　……

（注）

文語形容詞「ク活用」和「シク活用」的未然形的「く」、「しく」在與「ず」、「き」、「べし」等相連時，不能直接相結，而以未然形的另一種形式「から」、「しから」相連結。

例　高く＋あら＋ず　＝　高か（高くあ）らず　＝　高からず

楽しく＋あり＋き　＝　楽しか（楽しくあ）りき　＝　楽しかりき

㈢形容詞的用例：

（文語）	（口語）
1　未然形	未然形
おのれ違《たが》ふ所なくば、人の見聞くにはよるべからず。 《徒然草》 （只要自身無過，無畏人言。）	自分がとり乱す所がないならば、人の見たり聞いたりすることにはこだわる必要はない。
2　連用形	連用形
馬いづちともなく失せにけり。 《古今著聞集》 （馬不知何處去了。）	馬がどこへともなく逃げてしまった。
説《せっ》経《きやう》習ふべき暇なくて、年寄りにけり。 《徒然草》 （無暇學說經，卻年事已高。）	説経を習う暇がなくて、年をとってしまった。

盗人に紙一枚取らるることなかりけり。
《古今著聞集》
（還曾被賊盜走一紙。）

盗人に紙一枚取られることはなかった。

3　終止形

さらに登るべきやうなし。
《竹取物語》
（簡直無法登攀。）

終止形

全く登る方法がない。

4　連體形

人のなき後ばかり悲しきはなし。
《徒然草》
（沒有像人死後，那樣令人傷感的。）

連體形

人の死んだ後ほど悲しいものはない。
（連用形）

われ敗《ま》けて人を喜ばしめむと思はば、さらにあそびの興《きよう》なかるべし。
《徒然草》
（若以自己輸而去討人歡欣的話，那遊戲又有什麼樂趣。）

自分が負けて人を喜ばせようと思うならば、ちっとも遊びのおもしろみはないだろう。

5　已然形

羽なければ、空をも飛ぶべからず。《方丈記》（因爲沒有翅膀，無法飛上天上。）

羽がないから、空も飛べない。

かねて思ひつるままの顔したる人こそなけれ。《徒然草》（沒有與以前想像的完全相同的人。）

前もって予想していたとおりの顔をした人はないものだ。

6　命令形

初心の人、二つの矢を持つことなかれ。《徒然草》（初學者不要拿雙箭。）

初心の人は二本の矢を持ってはならない。

(四)形容詞的音便：

	文語	口語
ウ音便	近く聞こゆ→近う聞こゆ 激しくて→激しうて	寒くございます→寒うございます 楽しくございます→楽しゅうございます
イ音便	若き人→若い人 よきかな→よいかな	○
撥音便	よかるめり→よかんめり うれしかるなり→うれしかんなり	○

(五)形容詞詞幹的用法

1　形容詞詞幹轉化為名詞

赤し　赤（紅色）

白し　白（白色）

黒し　黒（黑色）

2　形容詞詞幹加接尾詞「み」、「さ」、「げ」、「め」構成名詞

繁み　遠さ

悲しげ　長め

3　詞幹加接尾詞「み」表示原因、理由

例句：

空寒み花に紛へて散る雪に少し春ある心地こそすれ。

（空が寒いので、桜の花が散るように降る雪のために春めかしい気持ちがすることだ。）

《枕草子》

（時冷高空寒，飛雪入庭院，疑是櫻花落，似覺到春天。）

4　詞幹加「の」構成連體修飾語

あな、おもしろの箏の音や。　ああ、趣のある箏の音色だな。

《古今著聞集》

（妙哉箏聲。）

5　詞幹或詞幹加「や」表示感動

あな、をさなや。　まあ、幼稚だねえ。

《源氏物語》

（唉，眞稚氣。）

あな、わびしや。　ああ、つまらないなあ。

《宇治拾遺物語》

（唉，眞沒趣！）

三、形容動詞

形容動詞是一個有活用的獨立詞，在句中做述語，也可做定語，表示事物的性質和狀態。文語中形容動詞有兩種——「ナリ」活用和「タリ」活用。而口語只有「だ」型形容動詞。

(一)形容動詞的活用：

形容動詞和動詞一樣，有六個活用形，其主要用法如下：

(文語)

未然形

海　静かなら　ず（否定）　　姿　堂堂たら　ず（否定）

海　静かなら　む（推量）　　姿　堂堂たら　む（推量）

海　静かなら　ば（順態條件）　　姿　堂堂たら　ば（順態條件）

連用形

海　静かなり　き（過去）　　姿　堂堂たり　き（過去）

海　静かに　なる（狀態）　　姿　堂堂と　して（狀語）

(口語)

未然形

海は　静かだろ　う（推量）

連用形

海は　静かだっ　た（過去）

海は　静かに　なる（狀態）

終止形

海　静かなり　（終止）　　姿　堂堂たり　（終止）

連體形

海　静かなる　日　（連體）　　姿　堂堂たる　人　（連體）

已然形

海　静かなれ　ど、ども　（逆態條件）　　姿　堂堂たれ　ど、ども　（逆態條件）

命令形

海　静かなれ　（命令）　　姿　堂堂たれ　（命令）

海は　静かで　ある　（肯定）

終止形

海は　静かだ　（終止）

連體形

海は　静かな　時　（連體）

假定形

海が　静かなら　ば舟を出そう　（假定）

○

㈡文口語形容動詞各活用形用法比較：

	文語		口語	
未然形	なら たら	接助動詞「ず」「む」「しむ」等。 接助詞「ば」。 接助詞「で」。	だろ	接助動詞「う」。

		文語		口語
連用形	なり たり	接助動詞「き」「けり」「つ」	だっ	接助動詞「た」。 接助詞「たり」。
	に と	修飾用言的狀語 静かに横たはる。 中止法： 波静かに、風なぎたり。 接助詞「て」「して」。	で に	接用言「ある」。 接「ない」（で（は）ない）。 中頓法： 「に」修飾用言做狀語（健康になる。）
終止形	なり たり	結句。 接助詞「とも」。	だ	結句。 接傳聞助動詞「そうだ」。 接「と」「けれども」「が」「から」。

	文語		口語	
連體形	なる たる	修飾體言（做定語） 接助動詞「べし」「まじ」「らむ」「めり」「らし」。 接助詞「が」「に」「を」「か」。 接係助詞「ぞ」「なむ」「や」「か」用於第二終止法結句。 充當體言：「花の盛りなるを愛《め》づ。」。	な	修飾體言。 接助動詞「ようだ」。 接助詞「の」「ので」「だけ」等。
已然形	なれ たれ	接助詞「ば」「ども」等。 接係助詞「こそ」構成第三終止法結句。	なら	口語是假定形，接助詞「ば」表示條件。
命令形	なれ たれ	以命令語氣結句。	○	

（注）

① 静かなり是由静かに＋あり而來的。

② 堂堂たり是由堂堂と＋あり而來的。

③ 由於形容動詞的詞尾「なり」「たり」是由「に」「と」加「ラ變動詞」「あり」演變而來，故其活用形以「ラ變」動詞爲準，但其古文中「ナリ活用」的命令形「タリ活用」的未然形、已然形、命令形卻很少使用。

④ 「ナリ活用」生於平安時代，詞量較大，如：かすかなり、清らなり、忠実なり、遙かなり、珍らかなり、をかしげなり、あはれなり、のどかなり、細かなり、細やかなり、愚かなり、綺麗なり、見事なり……。

⑤ 「タリ活用」生於中世紀，多出於軍紀物語，其詞幹幾乎全部由漢語組成。

⑥ 口語形容動詞無命令形。

㈢句例：

1 「ナリ」活用：

文語	口語
(1)未然形	未然形
近年、朝廷静かならずして《平家物語》	近年、朝廷が平穏でなくなって

（近年朝廷不穩定。）

⑵連用形

静かに長く隠れましき。

《神代紀・上》

（靜靜地長眠了。）

連用形

静かに永久にお隠れになった。

⑶終止形

声のありさま聞こゆべうだにあらぬほどに、いと静かなり。

《枕草子》

（其聲音若有若無，一片寂靜。）

終止形

声のありさまは聞こえそうもないくらいに、とても静かだ。

⑷連體形

ただ静かなるを望《のぞ》みとし、憂《うれ》へ無《な》きを楽しみとす。

《方丈記》

連體形

ただ静かな暮らしを望みとし、悩みのないことを楽しみとする。

（但求平靜，無憂爲樂。）

静かなる山の奥
《徒然草》

静かな山奥

（寂靜的山谷）

⑸已然形

心おのずから静かなれば、無益《むやく》のわざをなさず。
《徒然草》

心が自然とおだやかになっているので、あれこれとむだなことはしない。

（心中坦然平靜，而無爲無益小事煩惱。）

2 「タリ」活用

⑴連用形

連用形

雨朦朧《もうろう》として鳥海の山かくる。
《奥の細道》

雨がぼんやりとかすんで、鳥海山が隠れている。

（雨朦朧，不見鳥海山。）

涼風颯颯《さつさつ》たりし夜半ばに　《平家物語》

（一個涼風颯颯的夜半）

涼しい風がさわやかに吹いていた夜ふけに

(2)終止形

夕殿に蛍飛んで思ひ悄然《せうぜん》たり。《和漢朗詠集》

（夕殿內螢蟲飛舞，思緒悄然。）

終止形

夕殿に蛍が飛び、思いは悄然としていた。

(3)連體形

昼は漫漫《まんまん》たる大海に波路をわけて　《平家物語》

（白天在遼闊海洋中乘風破浪）

連體形

昼の間は広々とした大海に舟を出し、波路を分けて……

四、補助用言

原來是用言，具有獨立的詞彙意義，如果失去作爲用言的獨立詞彙意義，僅起語法作用，像助動詞一樣，起補助用言的作用，叫做補助用言。其中包括補助動詞和補助形容詞。口語中補助用言叫做形式用言。

文語補助動詞有：

あり　をり　たまふ　たてまつる　きこゆ　さぶらふ　はべり……

口語補助動詞有：

ある　いる　くださる　さしあげる　なさる　ございます

（文語）	（口語）
ここに木あり。（本來動詞） （這裡有樹。）	あそこに家がある。（本來動詞） （那裡有房子。）
われ、さる者にあらず。（補助動詞） （我不是那種人。）	私は学生である。（補助動詞） （我是學生。）

帝《みかど》御衣《おんぞ》をたまふ。（皇上賜給御衣。）（本來動詞）

旅《たび》より帰りたまふ。（從旅途中歸來。）（補助動詞）

宮《みや》に御文《みふみ》たてまつる。（給皇宮獻上御文。）（本來動詞）

衣《ころも》着《き》せたてまつる。（幫你穿好衣服。）（補助動詞）

山《やま》に庵《いほり》はべり。（山裡有小廟。）（本來動詞）

われも然思《しかおも》ひはべり。（我也那麼認爲。）（補助動詞）

その本をください。（給我那本書。）（本來動詞）

早くお答えください。（請快點答。）（補助動詞）

お手紙をさしあげる。（給您送信。）（本來動詞）

助けてさしあげる。（協助您。）（補助動詞）

ここに木がございます。（這裡有樹。）（本來動詞）

静かでございます。（很安靜。）（補助動詞）

第四章　從屬成份

從屬成份是指在句中從屬於體言與用言的成份。從屬成份做體言、用言的修飾語，用來補助句中主要成份的不足。

從屬成份包括副詞、接續詞、連體詞和感嘆詞四個品詞。從屬成份均無活用，但具有獨立意義。是句中獨立成份。

其中：有的用來說明體言，稱爲連體詞。
有的用來修飾、說明用言的，稱爲副詞。
有的在句中起句與句、詞與詞的連結作用稱爲接續詞。
有的用來表示感嘆的，稱爲感嘆詞。

一、副詞

㈠副詞的定義

副詞是在句中修飾用言（或其他副詞和體言）的，沒有活用的獨立詞，副詞在句中主要做狀語。

㈡副詞的分類

1　從語源角度來分：

文語副詞中本來副詞爲數不多，大多部分是從其他詞類轉來的，可稱爲轉來的副詞。

(1)本來的副詞

文語中本來的副詞是日語中固有的副詞，爲數甚少。但卻是基本的。

①いとやむごとなき際《きは》にはあらぬが

それほど高貴な身分ではないが

《源氏物語》

（身分並不很高貴）

②しばしば見とも飽《あ》かむ君かも。

たびたび君を見ても、どうして飽くことがあろう。

《萬葉集》

（看君百遍，豈知厭。）

(2)轉來的副詞

所謂轉來的副詞，就是從其他品詞轉來的，爲轉來的副詞，這類副詞爲數甚多，也很常見。

①由名詞轉來的：露《つゆ》おとなふものなし。

少しも音を立てるものがない。

《徒然草》

（無一點聲音。）

②由代名詞轉來的：「今のはそれがしが負けか」「いづれお勝ちとは見えませぬ。」

「今のは私の負けか。」「どちらにせよ、お勝ちとは見えません。」

《狂言・文相撲》

（「方才是我敗了嗎？」「總之看不出來您勝。」）

③由動詞轉來的：良覚僧正と聞えしは極めて腹あしき人なりけり。

良覚僧正という人は非常に腹の黒い人だった。

《徒然草》

（良覺僧正實屬黑心腸的人。）

④由形容詞轉來的：花見にまかれりけるに、早く散りすぎにければ。

花見にまいりましたところ、すでに散ってしまったので。

（去賞花時，卻見花早已凋零。）

⑤由形容動詞轉來的：いにしへ見し人は二三十人が中に僅かに一人、二人なり。

昔会ったことがある人は二三十人のうち、僅かに一人か二人になっている。

《方丈記》

（昔日所見的人，不過二、三十人中的一、二。）

2　從副詞的性質和作用來分

根據副詞的性質和作用的不同，可將副詞分爲狀態副詞、程度副詞和陳述副詞三種。

(1)狀態副詞

（文語）	（口語）
梅が香にのっと日の出る山路かな《俳諧七部集・炭俵》（梅香裡忽然，日出照山路。）	梅の香がただよっている山路を歩いていると、のっと朝日が昇ってきた。
焰にまぐれてたちまちに死ぬ。《方丈記》（爲火焰吞噬，傾刻畢命。）	焰に目がくらんで、そのまま死んでしまった。
ある時鏡を取りて顔をつくづくと見て《徒然草》（偶而拿起鏡子，細細觀照自己容貌。）	ある時、鏡を手にして、自分の顔をじっと念を入れて見て

⑵程度副詞

御簾《みす》のそばを些《いささ》か引き上げて見るに

簾のはしをわずかばかり引き上げて見たところ

《枕草子》

（將門帘悄悄挑起看時……）

いとなまめいたる女はらから住みけり。

非常に若くて美しい姉妹が住んでいた。

《伊勢物語》

（一對年輕貌美的姐妹住在這裡。）

塵《ちり》を煙《けむり》の如く吹き立てたればすべて目も見えず。

ごみを煙のように吹きたてたので、まったく目をあけていられない。

《方丈記》

（風捲砂石如煙，須臾睜不開眼。）

(3)陳述副詞：這類副詞不同於前兩種副詞，一般要和敘述部分形成呼應關係，這類副詞不單純修飾用言，而是說明整個敘述內容。

その思ひまさりて深きもの必ず先立ちて死ぬ。《方丈記》

（其情義重者必先亡。）

その愛情のより深い者の方が必ず先に死ぬ。

汝《なんぢ》正《まさ》に知るべし、我、今涅槃に入らむとす。《今昔物語集・巻三第二八》

（你本應知道，我不久將要入涅槃。）

お前、当然知るべきことだ。私はもうすぐ涅槃に入る。

つゆおとなふものなし。《徒然草》

（無一點聲音。）

少しも音を立てているものはない。

必ずわが説にな泥《なづ》みそ。
《玉勝間》
（絶不可拘泥於我的學說。）

絶対に私の説に拘ってはならない。

いかにかく言ふぞ。
《徒然草》
（爲什麼這樣說？）

どうしてこう言うのか。

夜光る玉といふとも酒飲みて情を遣るに
豈《あ》に若《し》かめやも。
《萬葉集》
（縱有夜光珠，於我有何用，怎比過壺中酒，聊以慰我情。）

夜光る宝石といっても、酒を飲んでわが心を慰めることに、
どうして勝《まさ》っているであろうか。

いかばかり心のうち涼しかりけん。
《徒然草》
（心中何等暢快。）

どんなにか心の中は、さっぱりしていたことであろう。

願《ねが》はくは我《われ》に銭《ぜに》を施せ。
《日本霊異記・下》
（但願賜於我金錢。）

なにとぞ私に金銭を恵み与えてください。

若《も》しあらましかばこの僧の顔に似てん。
《徒然草》
（若有此物，定與這僧的面貌相似。）

もしあったとしたらこの僧の顔にきっと似ているだろう。

さながら錦《にしき》を張《は》ったるが如く、
《狂言・絹粥》
（有如鋪錦一般）

まるで錦を張ったように、

二、接續詞

㈠定義

接續詞是無活用的獨立詞，是用來連接單詞和句子的詞，從意義上來分，可分爲：並列、累加、選擇、順接和逆接等多種。

㈡分類：

（文語）

並列——および、ならびに、また、はた

累加——かつ、しかも、なほ

選擇——あるいは、あるは、もしくは、または

順接——さらば、されば、しからば、しかれば、しかして、かかれば、すなはち、ゆゑに、かくて、かくして

（口語）

並列——および、また

累加——そのうえ、それから、それに、なお、しかも

選擇——それとも、または、もしくは、あるいは

順接——したがって、そうして、そこで、そうすると、それだから、それゆえ、だから、では、よって、そんなら、それでは、それで

逆接——されど、さると、さるを、さるは、さりながら、しかるに、しかれども、ただし、かかれども

逆接——が、けれども、しかし、しかしながら、しかも、それでも、だが、ただし、ですが、でも、ところが

㈢句例：

（文語）

並列：

北は忌む事なり、また南は伊勢なり。

《徒然草》

（頭朝北多有忌諱，並且南有伊勢神宮。）

（意爲：腳踩太神宮，恐怕不妥吧）

（口語）

北の方は普通嫌がって避けることである、また南の方には伊勢神宮がある。

累加：

行く川の流れは絶えずして、しかももとの水にあらず。

《方丈記》

流れ行く川の水は絶えることなくその上もとの水ではない。

（川水奔流不止，且去而不返。）

選擇：

つれづれなる夕暮れ、もしはものあはれなるあけぼの　《源氏物語》

しんみりともの寂しい夕暮れ、もしくはしみじみとした味わいの夜明け

（寂寞的黃昏或是百感交集的黎明）

順接：

狂人の真似とて大路を走らばすなはち狂人なり　《徒然草》

気ちがいの真似だといって、狂人をよそおって大通りを走るなら、ほかならぬ気ちがいそのものである。

（裝瘋而在街上奔跑著，實乃狂人也。）

三、連體詞

㈠定義

連體詞是一個無活用的獨立詞，用來修飾體言，做體言的定語。

文語中的連體詞有：

あらゆる、いはゆる、あらぬ、或《あ》る、さしたる、させる、きたる、去る、件《くだん》の、さる

㈡用法

（文語）　　　　（口語）

いはゆる

いはゆる西方浄土に生まれたるやうにならむ。　　世に言う西方浄土に生まれたような気分だ。

《宇津保物語》

（彷彿已經生於所謂西方浄土。）

ある

ある時思ひ立ちてただ一人徒歩《かち》よりまうでけり。

《徒然草》

（忽然決定只身徒歩參拜。）

ある時、発意して、たった一人徒歩で参詣した。

まったく

まったく然ること候はず。

《平家物語》

（絶無此事。）

まったくそのようなことはございません。

往《い》んじ

義仲往んじ年の秋、宿意を達せんがために旗をあげ……

《平家物語》

（去年秋天，義仲爲償其夙願揭竿而起）

義仲は去る年の秋、目的を達するために挙兵し、

なでふ

こはなでふことのたまふぞ。《竹取物語》

（這是指何而言。）

これは何ということをおっしゃるのですか。

四、感嘆詞

㈠定義

感嘆詞是一個無活用的獨立詞，用來表示感情上的喜、怒、哀、樂、驚嘆、應答等語氣的詞類。

㈡感嘆詞的種類及用法

（文語）

1　用來表示感嘆的：

ああ、あな、あはれ、あっぱれ、あはや、あら、すはや、さてさて、はて

（口語）

用來表示感嘆的：

ああ、おや、あら、えっ、さてさて、まあ、やれやれ

あな

あな、めでたや。この獅子の立ちやういとめづらし。

《徒然草》

ああ

ああ、すばらしい。この獅子の立ち方は実にめずらしい。

（嗚呼妙哉，這尊石獅的立態實屬罕見。）

あはれ

あはれ、あな面白《おもしろ》。

《古語拾遺》

ああ

ああ、ほんとうにおもしろい。

（啊，眞有意思！）

2　用來表示招呼的：

いかに、いざ、いで、なう、やよ

いざ

用來表示招呼的：

おい、こら、これ、さあ、そら、もし、もしもし、やあ、よう

さあ

名にし負はば、いざこと問はむ。

《伊勢物語》

（倘非徒有其名，且來答我問。）

いで

いで君も書い給へ。

《源氏物語》

（來，請妳也來寫。）

3　用來表示應答的：

いな、いや、おう

いな

ほんとうに名前のとおりであるなら、さあ、私の質問に答えよ。

さあ

さあ、あなたもお書きください。

用來表示應答的：

いいえ、いえ、うん、ええ、おう、そう、はあ、はい

（注）口語中下列寒暄也算爲感嘆詞。

〈あいさつ〉こんにちは、さようなら、おはよう……

いえ

いなさもあらず。

《竹取物語》

（非也，並非如此。）

いいえ、そうでもない。

えい

無期の後に「えい」といらへたりければ、僧たち笑ふこと限りなし。

《宇治拾遺物語》

（過了很久，才答道：「哎」，惹得眾僧大笑不止。）

はい

ひどく時間がたったのちに、「はい」と返事をしたので、僧侶たちが笑うことこの上なかった。

第五章　附屬成份

文言中的助動詞、助詞，無論從它們的詞彙意義還是從形態來看都是非獨立詞，即附屬詞。從句中地位來看，它們爲附屬成份。

助動詞、助詞，雖然是附屬成份，但在日語中卻占著相當重要地位，其所以重要，是由於日語本身特點決定的。日語是粘著語，主要依靠助動詞、助詞的粘著來表示詞與詞的關係，和詞在句中的地位。學好日語必須學好助動詞和助詞，而且文言文法中的助動詞、助詞，又與口語的大不相同，因此必須給予應有的注意。

一、助動詞

㈠定義

助動詞是一個有活用的附屬詞，不能單獨使用，其大多數是附屬於用言，主要是接在動詞的下面，有的也接在體言下面，用來補充用言和體言的一些細致的意義。

昔、男ありけり。（過去）　　昔一人の男がいた。（過去）

《伊勢物語》

（從前有一個男子。）

住まずして誰かさとらむ。（否定）

《方丈記》

（不住於此，焉知（閑居）之樂。）

住んでも見ずに、どうして分る人がいるだろう。（否定）

月の都の人なり。（斷定）

《竹取物語》

（是月宮的人。）

月の都の人です。（斷定）

㈡分類：

助動詞可根據接續關係和意義的不同，以及活用型進行分類，可分爲三種。

1　根據接續關係分類：

（文語）

⑴接在未然形下面的：

る、らる、す、さす、しむ、む、ず、ざり、むず、じ、まし、まほし

（口語）

⑴接在未然形下面的：

れる、られる、せる、させる、しめる、ない、ぬ、う、よう

(2)接在連用形下面的：

き、けり、つ、ぬ、たり（完了）、けむ、たし

(3)接在終止形下面的：（ラ變活用接連體形下面）

べし、まじ、らむ、らし、めり、なり（傳聞、推定）

(4)接在連體形和體言下面的：

なり（斷定）、たり（斷定）、ごとし、ごとくなり

(5)接在命令形、已然形（四段）、未然形（サ變）下面的：

り

(2)接在連用形下面的：

た、たい、たがる、ます、そうだ（樣態）、そうです（樣態）

(3)接在終止形下面的：

らしい、まい、そうだ（傳聞）、そうです（傳聞）

(4)接在連體形和體言下面的：

だ、です、らしい、ようだ、ようです

（上述僅限於動詞的接續。）

2　根據意義不同進行分類：

（文語）

(1)　被動（受身）助動詞　——る、らる
(2)　可能助動詞　——る、らる
(3)　自發助動詞　——る、らる
(4)　尊敬助動詞　——る、らる、す、さす、しむ
(5)　使役助動詞　——す、さす、しむ
(6)　否定（打消）助動詞　——ず、ざり
(7)　過去助動詞　——き、けり
(8)　完了助動詞　——つ、ぬ、たり、り
(9)　推量助動詞　——む、むず、まし、べし、らむ、めり、らし
(10)　否定（打消）推量助動詞　——じ、まじ
(11)　過去推量助動詞　——けむ
(12)　希望助動詞　——まほし、たし
(13)　傳聞推定助動詞　——なり
(14)　斷定助動詞　——なり、たり

（口語）

(1)　被動助動詞　——れる、られる
(2)　可能助動詞　——れる、られる
(3)　自發助動詞　——れる、られる
(4)　尊敬助動詞　——れる、られる、ます（丁寧）
(5)　使役助動詞　——せる、させる、しめる
(6)　否定助動詞　——ない、ぬ
(7)　過去助動詞　——た
(8)　完了助動詞　——た
(9)　推量助動詞　——う、よう、らしい
(10)　否定推量助動詞　——まい
(11)　○
(12)　希望助動詞　——たい、たがる
(13)　傳聞助動詞　——そうだ、そうです
(14)　斷定助動詞　——だ、です

⒂ 比況助動詞 ——ごとし、ごとくなり

⒃ ○

3 根據活用型來分類：

（文語）

(1) 動詞型活用的：

四段型——む、けむ、らむ

下二段型——る、らる、す、さす、しむ、つ

ナ變型——ぬ

ラ變型——たり（完了）、り、けり、めり、
　なり（傳聞推定）、ざり

サ變型——むず

(2) 形容詞型活用的：

ク活用形——ごとし、たし、べし

シク活用形——まじ、まほし

(3) 形容動詞型活用的：

ナリ活用形——なり（斷定）、ごとくなり

タリ活用形——たり（斷定）

⒂ 比況助動詞 ——ようだ、ようです

⒃ 樣態助動詞 ——そうだ、そうです

（口語）

(1) 動詞型活用的：

五段型——たがる

下一段型——れる、られる、せる、させる、しめる

(2) 形容詞型活用的：

ク活用形——らしい、ない、たい

(3) 形容動詞型活用的：

ダ活用形——だ、ようだ、そうだ

(4) 特殊型活用的：

——き、ず、まし

(5) 無詞尾變化的：

——じ、らし

(三)各類助動詞的用法：

「る」「らる」可以充當被動（受身）、可能、自發、尊敬四種助動詞。其活用：

基本形	未然形	連用形	終止形	連體形	已然形	命令形	
る	れ	れ	る	るる	るれ	れよ	可能、自發助動詞無命令形
らる	られ	られ	らる	らるる	らるれ	られよ	

(4) 特殊型活用的：

——ぬ、ます、た、です、ようです、そうです

(5) 無詞尾變化的：

——う、よう、まい

「れる」「られる」可以充當被動（受身）、可能、自發、尊敬四種助動詞。其活用：

基本形	未然形	連用形	終止形	連體形	已然形	命令形	
れる	れ	れ	れる	れる	れれ	れよ れろ	可能、自發助動詞無命令形
られる	られ	られ	られる	られる	られれ	られよ られろ	

(注)

① 「る」「らる」相當於口語的「れる」「られる」。「る」接在四段、ラ變、ナ變三種活用之下，「らる」接在其他動詞之下。

② 文語表示可能時，除使用「る」「らる」以外，還可用動詞「得《う》」「能《あた》ふ」來表示。

1　被動（受身）助動詞「る」「らる」：

被動助動詞表示自己本身被他物動作的一種詞。

（句式）

文語

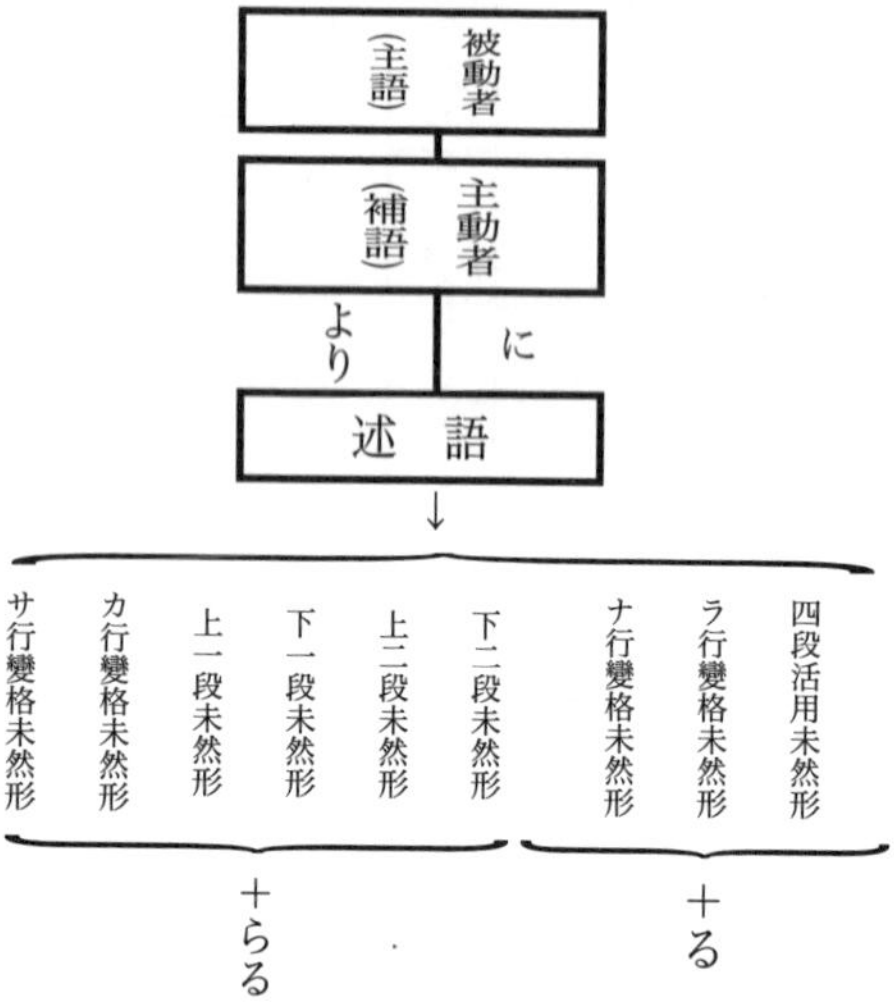

1　被動（受身）助動詞「れる」「られる」：

口語

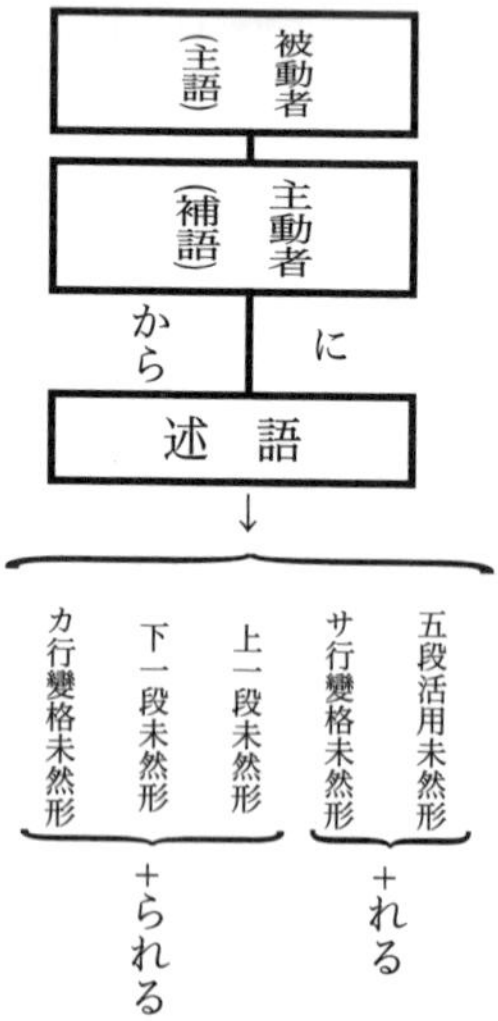

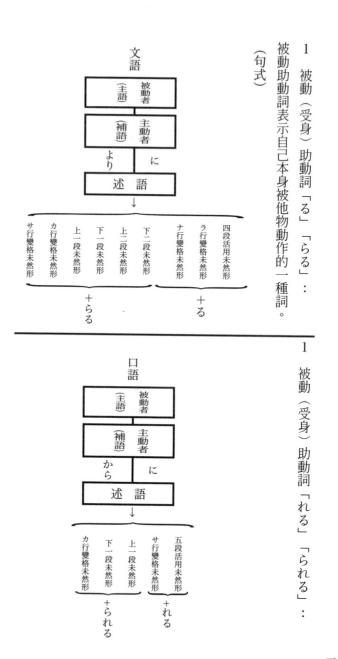

（用例）

（文語）

人を頼めば、身他の有なり。人をはぐくめば、心恩愛につかはる。（終止）
《方丈記》

（求人者，身爲人所有，育人者心爲恩愛所驅。）

ありがたきもの、舅にほめらるる婿。（連體）
《枕草子》

（少見的是，被岳父稱讚的女婿。）

すべて男をば、女に笑はれぬやうにおほしたつべし。（未然）
《徒然草》

（養育男兒必令其不爲女子所恥笑。）

問ひ詰められて、え答へずなり侍りつ。（連用）
《徒然草》

（口語）

人を頼みにすると、他人に左右される身となる。人を育てると、心は愛情という執着によって左右される。（連體、終止）

めったにないもの。舅にほめられるお婿さん。（連體）

大体男の子というものを、女に笑われないように立派に育て上げなくてはならない。（未然）

問い詰められて、答えられなくなりました。（連用）

（被追問得無言可答。）

2　尊敬助動詞「る」「らる」：

尊敬助動詞是爲了尊敬他人的動作時使用的，其活用與被動、可能相同，以表示對對方的一種敬意。

かの大納言、いづれの船にか乗らるべき。

（連體）《大鏡・頼忠》

（不知那位大納言將乘哪條船？）

夜も明けければ、大将《たいしやう》暇《いと》ま申しつつ、福原《ふくはら》へこそ帰られけれ。（連用）

《平家物語》

（天亮了，大將起身告辭，返回福原。）

無下《むげ》の事をもおほせらるるものかな。（連體）

《徒然草》

2　尊敬助動詞「れる」「られる」：

かの大納言はどの船にお乗りなさるだろう。

夜も明けたので、大将は暇を告げて、福原へお帰りになった。

とんでもないことをおっしゃるものですね。

（怎能說出如此不合情理的話？）

鉢《はち》に植《う》ゑられける木ども、皆掘り捨てられにけり。（連用）

《徒然草》

鉢にお植えになった木どもを皆お掘り捨てになった。

（把種在鉢中的花木，統統掘出來扔掉了。）

3　可能助動詞「る」「らる」：

可能助動詞是表示有能力從事某種事情的助動詞，其活用與被動相同，無命令形，相當於漢語的「能夠」「可以」「會」等意。

3　可能助動詞「れる」「られる」：

（用例）

（文語）

抜かんとするに、大方《おほかた》抜かれず。（未然）

《徒然草》

（口語）

抜こうとするが、全く抜くことができない。

（欲將其拔下，卻拔不動。）

弓矢《ゆみや》して射られじ。（未然）
《竹取物語》
（雖弓箭未必能傷。）

弓矢で射ることができない。

しばしうち休み給へど、寝られ給はず。（連用）
《源氏物語》
（躺下歇息了片刻，卻未能入睡。）

暫くお休みになっているがお眠りになることができない。（未然）

4　自發助動詞「る」「らる」：

自發助動詞表示人的自發感情，常有「不禁……想起……」「不由得……」的意思，其活用與被動助動詞等相同。

（用例）

（文語）

秋来《き》ぬと目にはさやかに見えねども風の音にぞ驚かれぬる。（連用）
《古今集》

4　自發助動詞「れる」「られる」：

（口語）

秋が来たと、目にははっきり見えないけれど、風の音を聞いて思わず秋の訪れを感じられたことだ。

（秋天暗自來，舉目難明視，一聞吹風聲，頓驚秋日至。）

子ゆゑにこそ万《よろづ》のあはれは思ひ知らるれ。（已然）《徒然草》

（育子女方知人世情。）

子供のおかげで、すべての人情というものは思い知られるものだ。（連體）

さやうの所にてこそ万に心づかひせらるれ。（已然）《徒然草》

（唯有處身這種場合，才會對萬事留意。）

そうした場所でこそ、何事にも気を配るように自然となるのだ。

住み慣れしふるさと限りなく思ひ出でらる。（終止）《更級日記》

（不禁想起住慣的故鄉，思緒萬千。）

住み慣れたふるさとはこの上なくなつかしく思い出される。

5　使役助動詞「す」「さす」「しむ」：

使役助動詞是表示使役他人做某種動作的動詞。文語使役助動詞是由「す」「さす」和「しむ」來表示。「す」連接在四段活用，ラ行變格、ナ行變格活用的下面，「さす」則連接在其他動詞的未然形下面，「しむ」是連接在各種動詞下面，有「使」「令」「讓」等意，其活用：

(文語)

基本形	未然形	連用形	終止形	連體形	已然形	命令形
す	せ	せ	す	する	すれ	せよ
さす	させ	させ	さす	さする	さすれ	させよ
しむ	しめ	しめ	しむ	しむる	しむれ	しめよ

(句式)

5　使役助動詞「せる」「させる」「しめる」：

(口語)

基本形	未然形	連用形	終止形	連體形	假定形	命令形
せる	せ	せ	せる	せる	せれ	せよ せろ
させる	させ	させ	させる	させる	させれ	させよ させろ
しめる	しめ	しめ	しめる	しめる	しめれ	しめよ しめろ

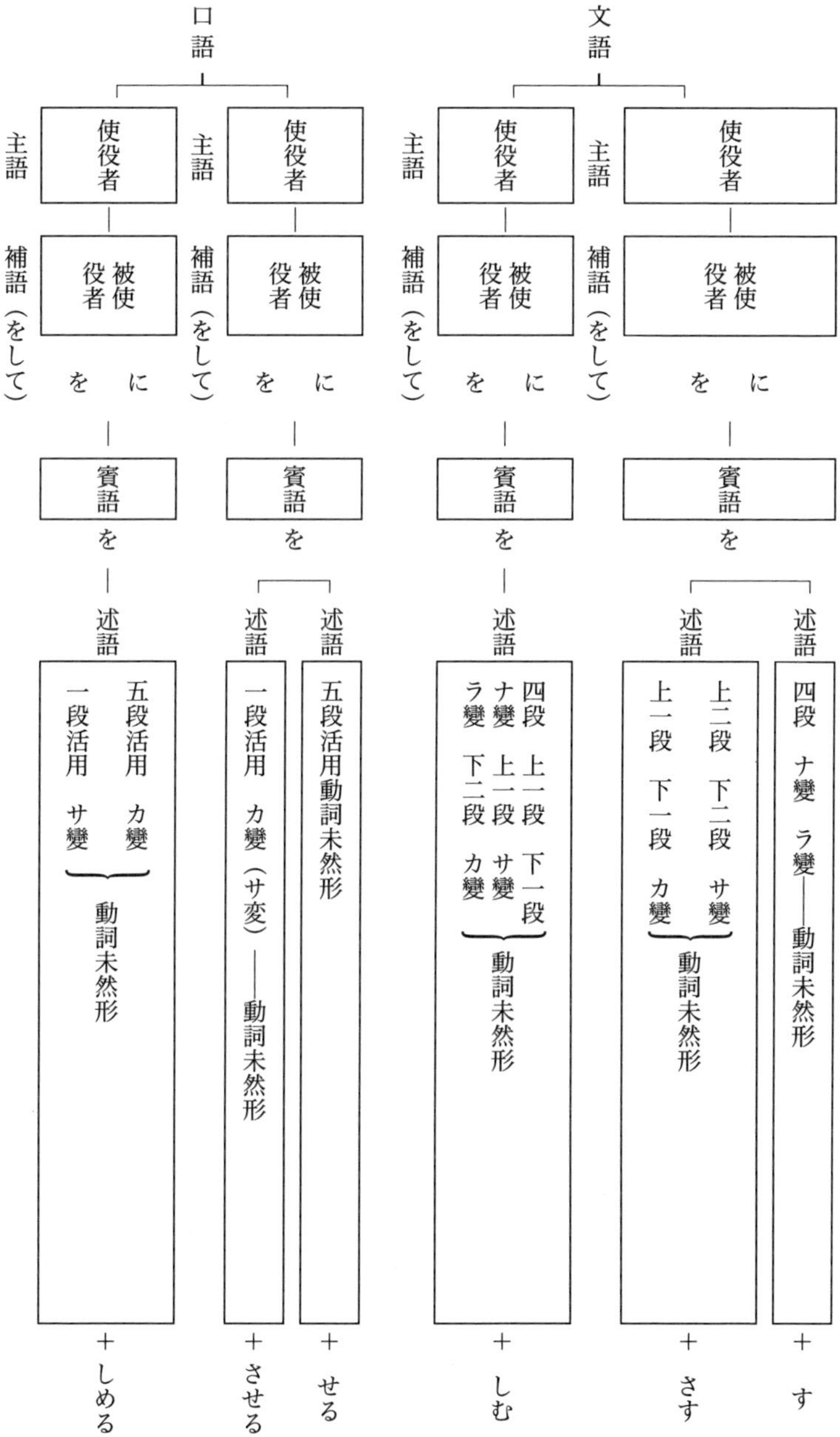
文語
使役者
主語
被使役者 に を
補語（をして）
賓語 を
述語
四段 ナ變 ラ變——動詞未然形
＋す
述語
上二段 下二段 サ變
上一段 下一段 カ變
動詞未然形
＋さす
使役者
主語
被使役者 に を
補語（をして）
賓語 を
述語
四段 上一段 下一段
ナ變 上一段 サ變
ラ變 下二段 カ變
動詞未然形
＋しむ
口語
使役者
主語
被使役者 に を
補語（をして）
賓語 を
述語
五段活用動詞未然形
＋せる
述語
一段活用 カ變（サ変）——動詞未然形
＋させる
使役者
主語
被使役者 に を
補語（をして）
賓語 を
述語
五段活用 カ變
一段活用 サ變
動詞未然形
＋しめる

（注）

使役助動詞有時也被用來表示尊敬的意思，而稱爲尊敬助動詞，尊敬助動詞無命令形，口語使役助動詞「せる」「させる」無尊敬意義。

（句例）

（文語）	（口語）
(1) 使役助動詞「す」「さす」「しむ」	
人に食《く》はする事なし。ただひとりのみぞ食ひける。（連體）《徒然草》 （從來不給別人吃，只是獨自一人食用。）	他人に食べさせることはない。ただ自分一人で食べた。（連體）
このかたに心得《こころえ》たる人々に弾かせ給《たま》ふ。（連用）《源氏物語》 （讓通曉管弦的宮女們彈奏。）	この方面に心得のある女房たちにお弾かせになった。（連用）

この十五日には人々賜《たま》はりて、月の都の人まうで来《こ》ば、捕《とら》へさせむ。（未然）《竹取物語》（本月十五日，派此武士來，倘月宮來人，即令將其捉住。）

今月の十五夜、武人どもをおつかわしいただいて、月の都の人がやって参りましたら、捕えさせましょう。

「これは勇める馬なり」とて鞍を置きかへさせけり。（連用）《徒然草》（「這是一匹烈馬」說罷叫人把馬鞍調換在別的馬上。）

「これは気の荒い馬だ」と言って、鞍を他の馬に置きかえさせた。

めでたき祝《いは》ひの中に涙を流し心をいたましむ。（終止）《平家物語》（喜慶之中，卻不禁流淚傷心。）

めでたい祝いの中で涙を流し、心をいたませる。（終止形）

また知らず、仮《かり》の宿《やど》り、誰がためにか心を悩まし、何によりてか目を喜ばしむる。（連體）《方丈記》

また分からない、一時的な住まいなのに、いったい誰のために苦労をし、何によって（その家を）見た目を喜ばせているのか。（連用）

（吾亦不知，既是暫居之處，爲誰辛苦，爲何而喜。）

⑵尊敬助動詞「す」「さす」「しむ」

口語不用「せる」「させる」表示尊重，而用「れる」「られる」作為敬語助動詞來表示。

竹取が家に御使ひつかはせ給ふ。（連用）
《竹取物語》
（派侍從去伐竹老翁的家。）

竹取の翁の家にお使いの人をお行かせになった。

この玉を得では、家に帰り来なとのたまはせけり。（連用）
《竹取物語》
（說：得不到這寶珠就不要回來。）

この玉が入手できなければ家に帰ってくるなとおっしゃった。

御悩は付かせたまひて、つひに隠れさせたまひけるとかや。（連用、連用）
《平家物語》
（疾病纏身，終於駕崩。）

御病気におなりになって、とうとう崩御されたということである。

みかどさうざうしくやおぼしめしけん、殿上に出でさせおはしまして（連用）

《大鏡》（皇上似乎感到心中寂寞，於是來到了殿前。）

帝は御心寂しくお思いになったのだろう、殿上の間にお出ましになって

やがて山崎にて出家せしめたまひてけり。（連用）

《大鏡》（不久，便在山崎落髮爲僧。）

そのまま山崎で御出家なさってしまった。

十五日の夜、一院第二の皇子ひそかに入寺せしめ給ふ。（連用）

《平家物語》（十五日夜，一院第二皇子秘密地入寺，當了僧侶。）

十五日の夜、一院第二の皇子はひそかにお寺に入り、僧におなりになった。

6　否定（打消）助動詞「ず」「ざり」：

文語否定助動詞「ず」「ざり」接在動詞未然形下面，是表示否定事物、動作的助動詞。有「不、沒、非」的意思。相應的口語否定助動詞是「ない」「ぬ」二種形式。其活用：

基本形	未然形	連用形	終止形	連體形	已然形	命令形
ず	ず	ず	ず	ぬ	ね	○
	ざら	ざり	(ざり)	ざる	ざれ	ざれ

（句例）

（文語）

年五十になるまで上手に至らざらん芸をば捨つべきなり。（未然）

《徒然草》

（年逾五十而仍未學成之藝，則應放棄。）

6　否定助動詞「ない」「ぬ」

基本形	未然形	連用形	終止形	連體形	假定形	命令形
ない	なかろ	なかっ なく	ない	ない	なけれ	○
ぬ	○	ず	ぬ	ぬ	ね	○

（口語）

年が五十になるまで続けても、上手にならないような芸はあきらめて捨てるのがよい。

鶯の声久しう聞えざりけり。（連用）

《古今集》

（很久沒聽到黃鶯的叫聲。）

花しぼみて、露なほ消えず。（終止）

《方丈記》

（花先凋零，而露水還沒消失。）

京には見えぬ鳥なれば、みな人見知らず。

《伊勢物語》（連體、終止）

（因爲在京城裡，看不到這種鳥，誰也不曉得。）

人木石《ぼくせき》にあらざれば、皆情あり。（已然）

《源氏物語》

（人非木石，皆有情。）

7　推量助動詞「む（ん）」「らむ」「けむ」

「らし」「まし」「めり」「べし」

鶯の鳴き声、長い間聞こえなかった。

花が先にしおれても、露はまだ消えていない。

都では見えない鳥なので、誰も見知っていない。

人は木石ではないので、皆情がある。

7　推量助動詞「う」「よう」「らしい」：

推量助動詞用來表示推量、決心、想像、勸誘、假設等意義的助動詞，文語推量助動詞甚多，大致有八個：む（ん）、らむ（らん）、けむ（けん）、らし、まし、めり、べし、べかり。口語中只有：う、よう、らしい三種。但在近代文語文中，推量助動詞多用「む」「べし」兩種，其他則很少使用。其接續關係如下：

「む」「まし」接在未然形下面。

「らむ」「らし」「べし」「べかり」「めり」接在用言終止形下面，ラ行變格接在連體形下面。

「けむ」接在動詞連用形下面。

其活用：

（文語）——（口語）

(1)「む」「むず」的用法

基本形	未然形	連用形	終止形	連體形	已然形	命令形
む	○	○	む（ん）	む（ん）	め	○
むず	○	○	むず（んず）	むずる（んずる）	むずれ（んずれ）	○
らむ	○	○	らむ（らん）	らむ（らん）	らめ	○
けむ	○	○	けむ（けん）	けむ（けん）	けめ	○
らし	○	○	らし	らし	らし	○
まし	ましか（ませ）	○	まし	まし	ましか	○
めり	○	（めり）	めり	める	めれ	○
べし	べく	べく	べし	べき	べけれ	○
	べから	べかり	（べかり）	（べかる）	○	○

基本形	未然形	連用形	終止形	連體形	假定形	命令形
う	○	○	う	（う）	○	○
よう	○	○	よう	（よう）	○	○
らしい	○	らしかっ らしく	らしい	らしい	（らしけれ）	○

① 「む」「むず」接在用言的未然形下面，表示推量。

（文語）

これを待つ間、何のたのしびかあらむ。（連體）

《徒然草》 （等待老與死的到來，又有何樂趣。）

これやわが求むる山ならん。（連體）

《竹取物語》 （這正是我找的山吧。）

若人《わかうど》たちは何事言ひおはさむずるぞ。（連體）

《堤中納言物語》 （宮女們在說些什麼。）

この事漏れぬるほどならば、行綱まづ失はれなんず。（終止）

《平家物語》 （倘若此事洩漏，（我）行綱當先被誅。）

（口語）

これを待っている間に何の楽しみがあろうか。

これこそ自分が探す山であろう。

女房がたは何を言っていらっしゃるのでしょうか。

もしこの事が漏れたときには、行綱がまず第一に殺されるだろう。

② 表示意志。

こよひは、ここにさぶらはむ。（終止）《伊勢物語》

（今夜將在此伺候。）

今夜はここでお仕えいたしましょう。

東《あづま》の方に住むべき所求めむ。（終止）《伊勢物語》

（到東方去尋找適合我住的地方。）

東国の方に住むにふさわしい所を捜そう。

しひて仕《つか》うまつらせ給はば、消え失せなむ。（終止）《竹取物語》

（若強迫我進宮侍奉，我就死在這裡。）

あえて宮仕えをおさせなさるならば、私は死んでしまうつもりです。

いづちもいづちも足の向きたらむ方へ往《い》なむず。（終止）《竹取物語》

（無論何處，決意信步而去。）

どこへもどこへも足の向くままに行こうとする。

③　表示勸誘。

子といふものなくてありなむ。（終止）

《徒然草》

（沒有子女才好。）

忍びては参《まゐ》りたまひなむや。（終止）

《源氏物語》

（悄悄進宮去如何？）

敵すでによせたるに、方々《かたがた》の手分けをこそせられむずれ。（已然）

《保元物語》

（敵人已逼近，應立即速作好各處部署才是。）

この御格子《みかうし》は参らでやあらむ。（連體）

《落窪物語》

（這扇格窗不開行嗎？）

④　表示假定、委婉。

子というものはないほうがよい。

こっそり参内なさいませんか。

敵はすでに攻めて来たので、方々の手分けをなさるのがよいだろう。

この御格子はお上げしないでようございましょうか。

思はむ子を法師になしたらむこそ、心苦しけれ。
（連體、連體）
《枕草子》
（可愛的孩子出家爲僧實在令人可憐。）

かわいい子がいたと仮定してその子をお坊さんにするというようなことはまことに気の毒なことだ。

鳶《とび》のゐたらむは何かは苦しかるべき。
（連體）
《徒然草》

鳶がとまっていたとしても、どうしてさしつかえがあろう。

（鳶鷹即使落在這裡，又有何妨呢？）

落人《おちうど》のあらんずるをば、用意して打ち殺せ。
（連體）
《平家物語》

落人があったら、それをば、用心して殺せ。

（注意如遇落荒而逃者，格殺勿論。）

いますがりつる志どもを思ひも知らで、罷りなむずる事の口惜しう侍りけり。（連體）
《竹取物語》

私にお示しなさったご厚意を考えもしないでお別れしますようなことが残念に思われるのでございます。

（對如此厚意竟毫無覺查而離去，實屬遺憾。）

(2)「べし」的用法

「べし」除接在「ラ行變格活用」以外的用言終止形後面，還接在「ラ行變格」的連體形下面。表示多種意思。

① 表示推量。

この戒《いまし》め万事にわたるべし。（終止）《徒然草》

（此條訓戒適用於萬事。）

この戒めはすべてのことに通じるだろう。

黒き雲にはかに出できぬ。風吹きぬべし。（終止）《土佐日記》

（烏雲突起，必將起風。）

黒い雲が急に出てきた。きっと風が吹くだろう。

② 表示意志。

毎度《まいど》ただ得失《とくしつ》なくこの一矢《ひとや》に定むべしと思へ。
（終止）
《徒然草》
（每次射靶休要考慮成敗，只想此一箭必中。）

的に向う度ごとに、当りはずれにとらわれず、この一矢で決めようと思え。

士《し》憂《うれ》へたまふことなかれ。必ず救ひまゐらすべし。（終止）
《雨月物語》
（君不必憂愁，我必定前來搭救。）

あなたは御心配なさいますな。必ずお助け申し上げましょう。

③　表示可能。
羽なければ、空をも飛ぶべからず。
（未然）
《方丈記》
（臂上無翼，無法上天。）

羽がないので、空を飛ぶこともできない。

その山見るに登るべきやうなし。（連體）
《竹取物語》

その山を見たところまったく登ることができそうにない。

（此山看上去似乎無法攀登。）

④ 表示當然、必須。

子となりたまふべき人なめり。（連體）

《竹取物語》

（她應該做我的孩子。）

私の子どもとなりなさるはずの人であるようだ。

人の歌の返しとくすべきをえよみ得ぬほども心もとなし。（連體）

《枕草子》

（復詩必須要快，但久久詠不出來，卻也令人焦急。）

人から贈られた歌の返事を早くしなければならないのに、返歌ができない間は実にじれったい。

⑤ 表示勸誘、適當。

松の葉にかかれる雪のそれをこそ冬の花とはいふべかりけれ。（連用）

《後撰和歌集》

（松樹上，白雪枝頭掛，寒冬裡堪稱一奇葩。）

松の葉にかかっている雪はこれこそ冬の花と呼ぶのにふさわしいものだ。

作文《さくもん》のにぞ乗るべかりける。（連用）

《大鏡・頼忠》

（應該上漢詩之船。）

詩文を作る人の乗る船に乗るほうがよかったなあ。

⑥ 表示命令。

頼朝《よりとも》が首をはねて、わが墓の前にかくべし。

（終止）

《平家物語》

（要斬下頼朝首級，掛在我墓前。）

頼朝の首をはねて、おれの墓の前にかけよ。

ただ今惟光の朝臣の宿れる所にまかりて、急ぎまゐるべきよしいへ。（連體）

《源氏物語》

（馬上去惟光朝臣住處，令他火速來此。）

今すぐ惟光の朝臣の住んでいる家へ行って、急いで来るようにということを伝えよ。

(3) 「らむ」的用法

「らむ」接在用言的連用形下面，表示以下幾種意思：

① 現在推量（對眼前所看到的事物進行推測）。

……ているだろう

風吹けば沖つ白波《しらなみ》たつた山夜半にや君が一人越ゆらむ。（終止）

《伊勢物語》

（夜半風起，海上卷瀾，夫君在旅途，獨越立田山。）

風が吹くと沖の白波が立つが（その「立つ」という名の）立田山を夜半に夫がたった一人で今ごろは越えているだろう。

② 推測現在發生事物的原因、理由。どうして……なのであろう

などや苦しき目を見るらむ。（連體）

《更級日記》

（爲何吃這般苦頭？）

どうして、辛い目にあうのだろうか。

③ 傳聞、委婉（對通過間接傳聞所了解到的事情委婉地進行表達）。……ということだ

鸚鵡《あうむ》、いとあはれなり。人の言ふらむことをまねぶらむよ。（連體、終止）

《枕草子》

（鸚鵡通人性，據說會模仿人說話呢。）

おうむはたいそう心を打つものである。人のしゃべるようなことを真似するということだ。

(4)「けむ」的用法

「けむ」接在用言連用形下面，表示如下幾種意思：

① 過去的推量。　……ただろう

前の世にも御契りや深かりけむ、世になく清らなる玉の男御子さへ生まれたまひぬ。（連體）

《源氏物語》

（大概是前世與皇上結下了深緣，竟生下一個容貌清秀如玉、蓋世無雙的皇子。）

前世でもご宿縁が深かったのであろうか、世にまたとなく清らかで美しい玉のような皇子までがお生まれになった。

② 推測過去發生的事物的原因和理由。

どうして……ただろう

徳大寺にもいかなるゆゑか侍《はべ》りけむ。（連體）

《徒然草》

（想必徳大寺也曾有某些原因吧。）

徳大寺でも何かの理由がございましたのでしょうか。

③ 過去的傳聞、委婉。　……たとかいう

医師《くすし》のもとにさし入りて向かひゐたりけむありさま、さこそ異様なりけめ。（連體、已然）

医者の所に入って向かいあっていたとかいう有様は、さぞ異様であったろう。

《徒然草》

（（這和尚）與大夫對面而坐的樣子，想必十分滑稽。）

(5)「らし」的用法

接在用言的終止形下面，表示有根據的推測。……にちがいない／……らしい

この川にもみぢ葉流る奥山の雪げの水ぞ今まさるらし。（連體）

この川に紅葉が流れている、奥山の雪どけ水が今増しているにちがいない。

《古今集》

（河面上，逐波漂紅葉，深山裡想必雪融水匯聚奔如流。）

(6)「めり」的用法

「めり」接在用言的終止形下面，表示委婉地推測。……ようだ

すだれ少しあげて、花奉るめり。（終止）

すだれを少しあげて、花をお供えしているようだ。

《源氏物語》

（將窗子悄悄卷起，像是在向佛前供花。）

(7)「まし」的用法

「まし」接在用言的未然形下面，表示如下幾種意思。

① 表示與事實相反的假設。 ……であったら ……であっただろうのに

鏡に色形あらましかば映らざらまし。

（未然、終止）

《徒然草》

（鏡子若有形與色，便不能反照他物。）

鏡に色と形があるとしたら、何も映らないだろうに。

② 表示猶豫、躊躇。 ……しようかしら、 ……だろうかしら

心憂きものは世なりけり。 いかにせまし。

（連體）

《堤中納言物語》

（夫妻之緣亦飽含辛酸，如何是好。）

つらいものは夫婦の縁であったのだ。 どのようにしようかしら。

③ 推量

里にては今は寝なましものを、さもいざときの履の繁さかな。（連體）

《紫式部日記》

家にいたら、今ごろはもう寝てしまっていたでしょうに、ここではこんなに遅くなっても耳について眠れないほど靴音が多くしますこと。

（若在家裡，此時大概已入睡了吧，而在宮中如此深夜，仍是往來人聲不斷，叫人不得入睡。）

（注）

① 「けむ（ん）」表示一種過去的推量，相當於口語的「…ただろう」「…たのだろう」的意思。

例：「何処に行きけん、影を見えずにたらぬ。」（何処に行ったのだろう、影も見えなくなった。）到哪兒去了，連影子都看不見。

「けむ」還有著一種傳聞的推量，由於「けむ」一詞在近代文語中很少使用，所以不再詳述。

② 「らむ（ん）」表示對現實的一種想像，表示一種現在的推量，或者委婉的傳聞，相當於口語的「…ているだろう」「どうして…ないであろう」的意思。例如：

子泣くらむ。子供が泣いているだろう。（孩子在哭吧。）

その彼の母も吾を待つらむぞ。彼の母も私を待っているだろう。（他的母親也在等著我吧。）

微かに聞こゆる遠音は笛の響なるらん。微かに聞こえる遠音は笛の響でしょう。（微微聽到的一點很遠的聲音，或許是笛子的聲響吧。）

「らむ」在近代文語中也很少使用。

③「らし」表示根據確切事實的一種推定，相當於口語的「らしい」「にちがいない」。例如：

奥山の雪消の水ぞ今まさるらし。奥山の雪消の水が今ふえているらしい。

（山裡雪融化的水，似乎在上漲。）

御気色悪しく待るらし。ご気分が悪くなっていらっしゃるらしい。（似乎神色不好。）

沖辺より潮満ちくらし。沖の方から潮が満ちてきているにちがいない。（想必潮水漲滿了。）

④「めり」也是一種表示現在推量的助動詞，相當於口語的「…ようだ」「…ように見える」的意思。此助動詞在近代文語中完全不用，故不舉例。

⑤「まし」接在動詞未然形下面，表示與事實相反的假想、推量、希望和疑問，在近代文語中很少使用。

これに何を書かまし。これになにを書こうかしら。《枕草子》

（在這裡寫點什麼好？）

「まし」是以下列的呼應形式，表示假想的：

假定條件 {
ましかば（まし的未然形+ば）
ませば（まし的未然形+ば）
せば（き的未然形+ば）
ば（上述以外的未然形+ば）
} —まし

鏡に色、形あらましかば、映らざらまし。鏡に、もし色彩や形像があったとしたら、何も映らないであろう。《徒然草》（鏡子若有形與色，便不能反照他物。）

8 否定（打消）推量助動詞「じ」「まじ」：　8 否定推量助動詞「まい」：

否定（打消）推量助動詞是用來表示否定推量某種動作、狀態的詞，文語中只有否定推量助動詞「じ」，連接在未然形下面。「まじ」則連接在ラ行變格的連體形下面，其他動詞則連接終止形下面。兩者都表示否定的推測，但「まじ」的語氣較強些。為了敘述方便，放在一起加以敘述。其活用：

文語							口語						
基本形	未然形	連用形	終止形	連體形	已然形	命令形	基本形	未然形	連用形	終止形	連體形	假定形	命令形
じ	○	○	じ	じ	（じ）	○	まい	○	○	まい	まい	○	○
まじ	まじく（まじから）	まじく まじかり	まじ	まじき（まじかる）	まじけれ	○							

(1)「じ」的用法

① 否定的推測。……まい、……ないだろう

勝つべきいくさに負くることよもあらじ。（終止）《平家物語》

勝つはずの戦いに負けることはまさかあるまい。

（必勝之仗，想必不會打敗吧。）

一生の恥、これに過ぐるはあらじ。（終止）
《竹取物語》

一生涯の恥、これに過ぎるものはあるまい。

（一生之恥辱莫過於此。）

② 否定的意志。……まい、……ないつもりだ

京にはあらじ、あづまの方に住むべき国求めにとて行きけり。（終止）
《伊勢物語》

京の都にはいまい、東の方に住むのにふさわしい国を求めに行こうと思って旅に出た。

（不願留在京城，想在東方尋找一處棲身之地而去。）

大君の辺にこそ死なめ顧みはせじ。（終止）
《萬葉集》

大君のために死のう。自分のことは考えないつもりだ。

（爲皇上捐軀，斷然無悔。）

(2)「まじ」的用法

① 否定的推量。……ないだろう、……そうもない

この人ならば、苦しかるまじ、入れ申せ。（終止）《平家物語》（此人不會有礙，傳他進來。）

この人だったら、差し支えないだろう、中へ入れてさしあげなさい。

唐の物は薬のほかはなくとも、ことかくまじ。（終止）《徒然草》（中國物品除藥品類外，即使沒有也無妨。）

唐の国の物は薬以外は別段なくても、不自由はしないだろう。

② 否定的意思。

わが身は女なりとも敵の手にはかかるまじ。（終止）《平家物語》（我雖身爲女子，也絕不會落入敵人的手中。）

わが身は女であっても、敵の手にはかかるまい。

「只今は見るまじ」とて入りぬ。（終止）《枕草子》（「眼下不看」，說罷轉身就走。）

「今すぐは読まないつもりだ」と言って入った。

③　禁止、不適當。　……てはいけない、……てくれるな
人はただ無常の身に迫りぬることを心にひしとかけて、束《つか》の間も忘るまじきなり。（連體）《徒然草》

人はただ死が自分の身に迫っていることを心にしっかりと刻みこんでほんのわずかの間も忘れてはいけないのだ。

（人們須牢記，無常死，將會降臨自身，片刻不能忘記。）

④　不可能。
重き病をし給へば、え出でおはしますまじ。（終止）《竹取物語》

重い病気をなさっているので、出ておいでになることはできそうにない。

（因重病在身，不能出來。）

9　傳聞推定助動詞「なり」：
なり——是基於聲和音來進行的推量，後來「なり」又轉用於詠嘆之意，有的稱爲詠嘆助動詞，當「なり」用於推量時，可表示「傳聞」和「推定」，相當於口語的「…そうだ」「…のようだ」。其活用形是：

基本形	未然形	連用形	終止形	連體形	已然形	命令形
なり	○	（なり）	なり	なる	なれ	○

「なり」接於終止形之後。

秋の大空《おおぞら》に雁《かり》の声聞ゆなり。

秋の空に雁の声が聞こえるらしい。（聞こえるようだ。）

（在秋天的天空中聽見了大雁的聲音。）

（1）表示傳聞。……ということだ、……そうだ

侍従《じじゅう》の大納言《だいなごん》の御女《むすめ》なくなり給ひぬなり。（終止）

《更級日記》

侍従の大納言の御娘がお亡くなりになったということだ。

（據說侍從大納言的女兒已經去世。）

（2）表示推定。……らしい、……ようだ

明けはてぬなり、帰りなむ。（終止）

《枕草子》

すっかり明るくなったらしい、帰りましょう。

（似乎天已大亮，回去吧！）

10 指定助動詞「なり」「たり」：

10 指定助動詞「だ」「です」：

指定助動詞是用來指定事物和判斷事物的助動詞，相當於漢語的「是」。文言有「なり」「たり」兩種，「なり」接在用言連體形和體言的下面，「たり」則只接在體言的下面，可做判斷句的述語。口語分爲「だ」「です」「である」三種。

活用：

文語						
基本形	未然形	連用形	終止形	連體形	已然形	命令形
なり	なら	なり に	なり	なる	なれ	（なれ）
たり	たら	たり と	たり	たる	たれ	たれ

口語						
基本形	未然形	連用形	終止形	連體形	已然形	命令形
だ	だろ	だっ で（に）	だ	な	なら	○
です	でしょ	でし	です	（です）	○	○
である	であろ	であっ であり	である	である	であれ	（であれ）

用例：

（文語）

（1）「なり」

（口語）

おのが身はこの国の人にもあらず。月の都の人なり。（終止）　《竹取物語》

（我不是這個世界的人，而是月宮的人。）

私の身はこの国の人間ではありません。月の都の人間です。

京には見えぬ鳥なれば、みな人見知らず。（已然）　《伊勢物語》

（這是在京城看不到的鳥，因此無人知曉。）

京では見られない鳥であるから、だれも見知らない。

（2）「たり」

古《いにし》へ清盛《きよもり》公いまだ安芸守《あきのかみ》たりし時（連用）　《平家物語》

（昔日，清盛公仍爲安藝守時……）

昔、清盛公がまだ安芸の守であった時

君君たらずといふとも、臣もって臣たらずんばあるべからず。（未然、未然）　《平家物語》

君主が君主としてふさわしくなくても、臣下は臣下らしくなくてはならない。

（君雖不君，而臣不可不臣）

（注）

① 「たり」只能接在體言之後，「なり」除接在體言之後外，還可接在用言連體形之後。試比較：

我は僧 なり。
　　　 たり。　　私は僧《そう》である。

我も斯《か》く思ふなり。（○）　わたしもこう思います。

我も斯く思ふたり。（×）

（我也是這樣地想。）

② 「なり」「たり」同是指定助動詞，但兩者又有細微的區別。「なり」強調「斷定」，相當於漢語的「是」；而「たり」主要表現資格或狀態，相當於漢語的「為」。

私は臣なり。（我是臣下。）

私は臣たり。（我是爲人臣下。）

前者肯定是臣下，後者表示願做別人的臣子。

③ 指定助動詞「なり」的連體形有一種特殊用法：

(1)用於：「なる」代替「にある」。

北京なる北海公園。北京にある北海公園。

（在北京的北海公園。）

④「なり」的派生的用法：

同格：……である　姉なる人。

傳聞：……という、……とよばれる　顔回なる者。

婉曲《江戸時代より》

⑤指定助動詞「なり」「たり」與形容動詞詞尾「なり」「たり」容易混淆，必須注意區別：

御局は桐壺なり。（名詞＋なり）指定助動詞。

かのむすめ極めて美麗なり。（「なり」「たり」）爲形容動詞詞尾。（形容動詞詞幹＋なり／たり）

平家の人々意気昂《こう》然《ぜん》たり。

11　時間助動詞

時間助動詞是用來表示時間的一種助動詞。語法上表示時間，一般分爲：現在、過去、完了、未來四種。

列表如下：

時間	文語	口語
現在	雨降る	雨が降る
過去	雨降りき 雨降りけり	雨が降った
完了	雨降りつ 雨降りぬ 雨降りたり 雨降れり	雨が降ってしまった （雨が降った）
未來	雨降らん 雨降るべし	雨が降るだろう

活用：

文語

種類	基本形	未然形	連用形	終止形	連體形	已然形	命令形	活用型	接續
過去時	き	(せ)	○	き	し	しか	○	特別活用	連用形
	けり	(けら)	○	けり	ける	けれ	○	ラ變活用	連用形
完了時	つ	て	て	つ	つる	つれ	てよ	下二段活用	連用形
	ぬ	な	に	ぬ	ぬる	ぬれ	ね	ナ變活用	連用形
	たり	たら	たり	たり	たる	たれ	たれ	ラ變活用	連用形
	り	ら	り	り	る	れ	れ	ラ變活用	已然(四段)、未然(サ變)
未來時	む	○	○	む	む	め	○	特別四段	未然形
	べし	べく べから	べく べかり	べし (べかり)	べき (べかる)	べけれ	○	ク活用	終止形

口語

基本形	未然形	連用形	終止形	連體形	假定形	命令形
た	たろ	○	た	た	たら	○

(1)過去助動詞「き」「けり」的用法

文語過去助動詞「き」「けり」相當於口語的「た」，是用來表示過去進行的行爲和動作。如果當「き」「けり」表示過去完成時，相當於口語的「…てしまった」的形式。

例：

雨降り　き。
　　　けり。　雨が降った。（下雨了。）（僅表示過去）

雨降り　き。
　　　けり。　雨が降ってしまった。（雨下過了。）（表示過去完成）

「き」常常用於表示自己親身經歷的過去事情，而「けり」則與此相反，一般用於表示間接的，通過傳聞所知道的過去的事情。

① 「き」的用法

「き」接在用言連用形下面，與「カ變動詞」「サ變動詞」連接時，有時也可接在未然形下面，其活用如下：

基本形	未然形	連用形	終止形	連體形	已然形	命令形
き	せ	○	き	し	しか	○

文語

表示過去、回想。……た

京より下りし時に、みな人、子供なかりき。（連體、終止）

《土佐日記》（離開京城時，眾人皆無子女。）

この木なからましかばと覚えしか。（已然）

《徒然草》（深感無此樹才好。）

口語

京より下った時には、だれもみな子供が生まれていなかった。

この木がもしなかったらよかったのにと思われた。

② 「けり」的用法

「けり」接在用言的連用形下面，其活用如下：

基本形	未然形	連用形	終止形	連體形	已然形	命令形
けり	けら	○	けり	ける	けれ	○

表示過去。……た、……たということだ

昔男ありけり。（終止）
《伊勢物語》
（從前有一個男子。）

昔、一人の男がいたそうだ。

坊《ぼう》の傍《かたはら》に大きなる榎《え》の木のありければ、人「榎の木の僧正《そうじゃう》」とぞ言ひける。
（已然、連體）《徒然草》

坊の傍に大きな榎の木があったので、人は「榎の木の僧正」といったとさ。

（據說，他的僧坊旁有一棵大榎樹，人們叫他「榎木僧正」。）

表示感嘆。……だなあ、……たことよ

かくてもあられけるよとあはれに見るほどに（連體）
《徒然草》
（如此這般竟能度日，不禁無限感慨……）

このようにしても、生きて行けるものだなあと、深く感動して見ているうちに…

(注) 過去助動詞「き」當與「カ變」「サ變」動詞連接時，其接續關係特殊。「き」不能直接與「カ」行變格活用動詞相接。

示例：

カ變
来《こ》(未然形)　き
来《き》(連用形)　し、しか

「し」「しか」可與未然形，連用形連接，而「き」則不能連接。

サ變
せ(未然形)　き
し(連用形)　し、しか

「き」連接在「サ」變連用形下面。「し」「しか」則連接在「サ」變未然形下面。

(2)完了助動詞「つ」「ぬ」「たり」「り」

文語中完了助動詞用來表示「現在完了」「過去完了」以及動作狀態的存在和繼續，其中「ぬ」和「つ」在後續推量助動詞的情況下，可以表示對未來或發生的動作，狀態的確信和強調。

其活用如下：

基本形	未然形	連用形	終止形	連體形	已然形	命令形
つ	て	て	つ	つる	つれ	てよ
ぬ	な	に	ぬ	ぬる	ぬれ	ね
たり	たら	たり	たり	たる	たれ	たれ
り	ら	り	り	る	れ	(れ)

①「つ」的用法

「つ」屬於下二段型助動詞，接在用言的連用形下面，表示：

A　完了　…た、……てしまう

問ひつめられて、え答えずなり侍りつ。（終止）

《徒然草》

（被追問得無言以對。）

問いつめられて、答えることができなくなりました。

親王《みこ》、大殿《おほどの》ごもらで、明かし給ひてけり。（連用）

《伊勢物語》

（天已亮，親王徹夜未眠。）

親王は、お休みにならないで、夜をお明かしになってしまった。

B　確信、強調　きっと……だ、たしかに……だ

蝿《はへ》こそ憎きもののうちにいれつべく、愛敬《あいぎやう》なきものはあれ。（終止）

《枕草子》

蝿は憎いものの中にぜひ入れてしまうべきであって、かわいげのないものである。

（蒼蠅令人討厭，確應列入可惡之例。）

② 「ぬ」的用法

「ぬ」屬ナ變型助動詞，接在用言的連用形後面，表示：

A　完了　……た、……てしまう、……てしまった

翁《おきな》竹をとること久しくなりぬ。勢《いきほ》ひ猛《もう》の者になりにけり。（終止、連用）

《竹取物語》

翁は（黄金の入っている）竹を取ることが長い間続いた。勢力の強い富豪になってしまった。

（老翁繼續伐竹子（不斷有金子撣出）久而久之，成了有勢力的富豪。）

六月になりぬれば、音もせずなりぬる。すべていふもおろかなり。（已然、連體）

《枕草子》

六月になってしまうと、まったく声がしなくなってしまうのは、言葉に表すこともできないほどすばらしい。

（（杜鵑）至六月，突然消聲遁跡，實在妙不可言。）

B　確信、強調　きっと……だ、確かに……だ

黒き雲にはかに出できぬ。風吹きぬべし（連用）

《土佐日記》

黒い雲がにわかに出て来た。きっと風が吹くに違いない。

（突然烏雲密布，必將起風。）

暮《ゆふ》さらば、潮満ち来《き》なむ。（未然）

《萬葉集》

（暮必漲潮。）

日暮れになれば、きっと潮が満ちてくるだろう。

③「たり」的用法

「たり」屬於「ラ變」型助動詞，接在用言連用形下面，表示如下意義：

A　完了　……た、……てしまった

用ありて行きたりとも、その事はてなば、とく帰るべし。（終止）

《徒然草》

（即使有事去了，辦完事也應立刻返回。）

用事があって行ったとしても、その用事が済んだら、すぐ帰るべきだ。

B　存在、繼續　……ている、……てある

大欲《たいよく》は無欲《むよく》に似たり。（終止）

《徒然草》

（大欲似無欲。）

大きな欲望は無欲と似ている。

蛍《ほたる》のおほく飛びちがひたる。（連體）

蛍がたくさん飛び交うように飛んでいる。

《枕草子》（無數螢火蟲飛舞著。）

④「り」的用法

「り」屬於「ラ變」型助動詞，接在「サ變」動詞未然形和四段動詞已然形後面，表示如下幾種意思：

A　完了　……た、……てしまった、……てしまう

あるいは去年《こぞ》焼けて今年作れり。（終止）

あるいは去年焼けて、今年新しく作った。

《方丈記》（或去年遇火被焚，今年又重建。）

人をやりて見するに、おほかた会へる者なし。（連體）

人をやって鬼を捜させたところ、全く出会った者がいない。

《徒然草》（差人去看（鬼），然無一人見到過。）

B　存在、繼續　……ている

露落ちて花残れり。（終止）

露が落ちて、花がまだ残っている。

《方丈記》

（露落而花還在。）

走り寄りて見れば、このわたりに見知れる僧なり。（連體）

走り寄って見たところ、このあたりで見知っている僧である。

《徒然草》

（跑過去一看，原來是這一帶較熟的一名僧人。）

12　希望助動詞「たし」「まほし」：

12　希望助動詞「たい」「たがる」：

希望助動詞是表示希望、願望的助動詞，相當於漢語的「想、希望、願意」的意思。文語中有「たし」和「まほし」、「たし」屬於形容詞「ク活用」型的助動詞，接在用言連用形下面。「まほし」屬於形容詞「シク活用」型助動詞，接在用言未然形下面，兩者均表示希望，相當於口語的「たい」「てほしい」。

「まほし」多出現於平安時代的作品中，而「たし」則主要出現在鎌倉時代以後的說話和軍紀文學中，並逐漸取代了「まほし」。現代日語中的「たい」即由「たし」轉化而來。其活用如下：

文語						
基本形	未然形	連用形	終止形	連體形	已然形	命令形
まほし	まほしく まほしから	まほしく まほしかり	まほし	まほしき まほしかる	まほしけれ	○
たし	たく たから	たく たかり	たし	たき	たけれ	○

口語						
基本形	未然形	連用形	終止形	連體形	假定形	命令型
たい	たかろ	たく たかっ	たい	たい	たけれ	○
たがる	たがら （たがろ）	たがり たがっ	たがる	たがる	たがれ	○

用例

表示自己或對別人的希望：

敵《かたき》にあふてこそ死にたけれ。悪所《あくしょ》に落ちては死にたからず。（已然、未然）《平家物語》

（寧戰死沙場，而不願死於困境。）

敵と戦って死にたい。このような険しい難所から落ちて死にたくはない。

ありたき事はまことしき文《ふみ》の道、作文和《さくもんわ》歌《か》、管弦《くわんげん》の道。（連體）《徒然草》

身につけたいことは本格的な経書の学問、詩を作ること、和歌を詠むこと、管弦を奏することといった方面である。

（但願能通曉正宗的文章、漢詩、和歌、管弦之道，才堪稱君子。）

世の人の飢ゑず寒からぬやうに世をば行《おこな》はまほしきなり。（連體）

《徒然草》

（願君主施以仁政，使老百姓不饑不寒。）

世の中の人が飢えることなく、寒くないように世の政治をしていきたい。

埋もれぬ名を長き世に残さんこそあらまほしかるべけれ。（連體）

《徒然草》

（留芳名於百世，此乃眾人之希望。）

いつまでも埋もれることのない名声を長い後世まで残すということこそ誰でもそうありたいと願うことなのであろう。

13　比況助動詞「ごとし」：

比況助動詞是表示事物比喻的助動詞，相當於漢語的「如、似、像、猶」等意。文語中的比況助動詞有「ごとし」，等於口語的「ようだ」。

活用：

13　比況助動詞「ようだ」：

文語						
基本形	未然形	連用形	終止形	連體形	已然形	命令形
ごとし	ごとく	ごとく	ごとし	ごとき	○	○

口語						
基本形	未然形	連用形	終止形	連體形	假定形	命令型
ようだ	ようだろ	ようだっ ようで ように	ようだ	ような	ようなら	○

「ごとし」屬於形容詞「ク活用」型的助動詞，接在用言的連體形和體言以及助詞「が」「の」的後面，表示如下的意思：

句例：

(1)比喩。　まるで……ようだ、……と同じだ

恐れおののくさま、たとへば、雀のたかの巣に近づけるがごとし。（終止）

《伊勢物語》

恐れふるえているようすは、例えば、雀が鷹の巣に近づいたのに似ている。

（終日戰戰兢兢好比燕雀與鷹爲鄰。）

つひに本意のごとくあひにけり。（連用）

《伊勢物語》

（終於如願以償，結爲夫妻。）

とうとうかねての願いのとおりに結婚した。

⑵表示例示、舉例。……ようだ、たとえば……など

楊貴妃《やうきひ》のごときは、あまりに時めきすぎて悲しきことあり。（連體）

《大鏡》

（譬如楊貴妃，過於得寵反有傷感。）

楊貴妃などは、あまりに寵愛されすぎて、かえって辛いことがあった。

わが朝にはいまだかくのごときの先蹤《せんしょう》を聞かず。（連體）

《平家物語》

（這樣的事情在本朝史無前例。）

わが国においては、かつてこのような前例を聞かない。

附：文語助動詞活用總表

種類	基本形	未然形	連用形	終止形	連體形	已然形	命令形	活用型	接續	備註
被動 可能 尊敬 自發	る らる	れ られ	れ られ	る らる	るる らるる	るれ らるれ	れよ られよ	下二段 活用型	接四段ラ變、ナ變未然形 接上面以外的動詞的未然形	表示可能 自發時 無命令形
使役	す さす しむ	せ させ しめ	せ させ しめ	す さす しむ	する さする しむる	すれ さすれ しむれ	せよ させよ しめよ	下二段 活用型	接四段、ラ變、ナ變未然形 接上面以外動詞的未然形 接各種動詞的未然形	
否定	ず	ず ざら	ず ざり	ず	ぬ ざる	ね ざれ	○ ざれ	特殊型	接活用詞的未然形	

種類	基本形	未然形	連用形	終止形	連體形	已然形	命令形	活用型	接續	備註
推量	む	○	○	む(ん)	む(ん)	め	○	四段型	接活用詞的未然形	
	らむ	○	○	らむ(らん)	らむ(らん)	らめ	○	四段型	接ラ變連體形和ラ變以外終止形	
	けむ	○	○	けむ(けん)	けむ(けん)	けめ	○	四段型	接活用詞的連用刑	
	らし	○	○	らし	らし	らし	○	無變化	接ラ變連體形和ラ變以外終止形	
	まし	ましか(ませ)	○	まし	まし	ましか	○	特殊型	接活用詞的未然形	
	めり	○	(めり)	めり	める	めれ	○	ラ變型	接ラ變連體形和ラ變以外終止形	
	べし	べく べから	べく べかり	べし (べかり)	べき (べかる)	べけれ ○	○ ○	ク活用型	接ラ變連體形和ラ變以外終止形	
否定推量	じ	○	○	じ	じ	(じ)	○	無變化	接活用詞的未然形	
	まじ	まじく (まじから)	まじく まじかり	まじ	まじき (まじかる)	まじけれ	○	シク型	接ラ變連體形和ラ變以外終止型	

種類	基本形	未然形	連用形	終止形	連體形	已然形	命令形	活用型	接續	備註
希望	まほし	まほしく まほしから	まほしく まほしかり	まほし	まほしき まほしかる	まほしけれ	○	シク型	接動詞型活用詞未然形	
	たし	たく たから	たく たかり	たし	たき	たけれ	○	ク活用型	接動詞型活用詞連用形	
過去	き	(せ)	○	き	し	しか	○	特殊型	接活用詞的連用形	
	けり	(けら)	○	けり	ける	けれ	○	ラ變型	接活用詞的連用形	
完了	つ	て	て	つ	つる	つれ	てよ	下二型	接活用詞的連用形	
	ぬ	な	に	ぬ	ぬる	ぬれ	ね	ナ變型	接動詞、形容詞型活用詞連用形	
	たり	たら	たり	たり	たる	たれ	たれ	ラ變型	接動詞型活用詞連用形	
	り	ら	り	り	る	れ	れ	ラ變型	接四段已然形、サ變未然形	

種類	基本形	未然形	連用形	終止形	連體形	已然形	命令形	活用型	接續	備註
指定	なり	なら	なり に	なり	なる	なれ	（なれ）	ナリ活用	接活用詞連用形和體言	
	たり	たら	たり と	たり	たる	たれ	たれ	タリ活用	接體言	
比況	ごとし	ごとく	ごとく	ごとし	ごとき	○	○	ク活用型	接活用詞連體形和の、が	
	ごとく なり	ごとくなら	ごとく なり ごとくに	ごとくなり	ごとくなる	ごとくなれ	ごとくなれ	ナリ活用	接活用詞連體形和體言	

二、助詞

文語的助詞是助言的一種。它作爲附屬詞接在各種詞的後面，沒有活用，只表示詞與詞之間的關係，或著給詞增添某種意義。

㈠助詞的分類

種類	機能	用法			文語	口語
格助詞（第一類）	主要接在體言、形式體言的後面，表示詞與詞之間的關係。	做主語			が、の	が、の
		做連體修飾語——定語			の、が	の
		做連用修飾語——補語			に、を、へ、と、より、から、にて、して	に、を、へ、と、より、から、で、まで
接續助詞（第二類）	接續助詞連接在用言、助動詞後面，爲下面的用言，或附屬詞增添某種意義。	條件	假定	順接	ば	ば、と
				逆接	とも、と、も	ても
			確定	順接	ば、に、（て）、（を）	ので、から
				逆接	ど、ども、を、が、（に）	けれども、が、のに
		並列敘述			して、つつ、ながら、て	て、たり、ながら、し

種類	機能	用法	文語	口語
副助詞（第三類）	接在種種詞的後面，限定詞的意義，並像副詞一樣，用來修飾下面的用言。		だに、すら、さへ、のみ、ばかり、まで、など	だけ、ほど、くらい、なり、やら、ばかり、まで、など
係助詞（第三類）	接在種種詞的後面，用來修飾下面的用言，並對下面的活用形的用法有一定的約束。		は、も、ぞ、なむ、や、か、こそ	は、も、か、こそ、さえ、でも、しか（提示助詞）
終助詞（第四類）	接在種種詞的後面，主要是連接在句末，表示種種意義。	禁止、願望、強意	な、なむ、そ、ばや、か（かな）、が（がな）、かし	な、ぞ、とも、か、の
		感動、詠嘆	かな、な	よ、わ、な
間投助詞（第四類）	用於句中或句末，有加強意義的作用。	強調、感動	や、よ、を	ね、さ

(二)助詞的用法

1　格助詞「が」「の」「を」「に」「へ」「と」「より」「にて」「して」「から」

(1)「が」的用法

①　表示動作的主體，充當句中主語，「が」是屬於主格的助詞，相當於口語主格助詞「が」。

（文語）		（口語）
鳥鳴く。	（鳥叫）	鳥が鳴く。
春来《く》。	（春來）	春が来る。
花咲く。	（花開）	花が咲く
すずめの子を犬君が逃しつる。《源氏物語》		雀の子を犬君が逃がしちゃったの。

（犬君放跑了小麻雀。）

烏のねどころへゆくとて、三つ四つ二つ三つなど飛びいそぐさへあはれなり。

烏がねぐらへ帰ろうとして、三四羽、二三羽と急いで飛んで行くのまでも情趣がある。

（烏鴉想回窩，三四成群，二三成群，匆匆地飛去，也頗有情緒。）

② 當用「が」表示領格，修飾體言時，相當口語的「の」。

② 當用「が」表示領格，修飾體言時，相當口語的「の」。

我等《われら》が敵《かたき》は、西光父子に過ぎたるものなし。《平家物語》

われらの敵としては西光親子以上の最大の者はない。

（我們的敵人莫過於西光父子。）

(2)「の」的用法

① 表示修飾。

初心《しょしん》の人二つの矢を持つことなかれ。

弓を射るとき初めての人は、二本の矢を持ってはならない。

《徒然草》（初學者莫握雙箭。）

② 表示同格。 …であって、…で

大きなる柑子《かうじ》の木の、枝もたわわになりたるが、

《徒然草》（一棵枝頭都被壓彎了的大柑樹）

大きな蜜柑の木で、枝もたわむばかりになっているのが、

③ 表示特殊用法。

作領格助詞使用時，下面無體言接續，而以「が」「の」代表體言的意義，相當於口語的形式體言。

いかなれば、四条大納言《だいなごん》のはめでたく、兼久がはわろかるべきぞ。

《宇治拾遺物語》

どうして四条大納言の歌はすぐれていて、兼久の歌はよくないというのか。

（爲何說四條大納言的歌好，而我兼久的歌不好呢。）

④ 表示比喩、舉例。……のようだ、……のごとく

暮るるほど、例の集まりぬ。　　日が暮れるころ、例のように集まった。

《竹取物語》

（日落時（貴介子們）照舊聚集而來。）

世になくきよらなる、玉の男御子《をのこみこ》さへ生まれ給ひぬ。　　世に二人といないほど清らかで美しい宝石のような皇子までお生まれになった。

《源氏物語》

（竟生下一位舉世無雙、容貌似玉、美麗的皇子。）

(3)「を」的用法

① 表示動作的對係，在句中做賓語，相當於口語的賓格助詞「を」。

生《しやう》を貪り、利を求めて止むことなし。　　長生きしたいと願い、利益を求めて、止まることがない。

《徒然草》

（貪生求利無休止。）

② 表示動作的起點。

千住《せんじゅ》といふ所にて、舟をあがれば
《奥の細道・旅立》

千住という所で、舟から（陸に）あがると

（在千住這個地方下船上岸）

③ 表示動作經由的場所。

板敷《いたじき》山の北を流れて、果ては酒田の海に入る。
《奥の細道》

板敷山の北を流れて、最後には酒田で海に入る。

（（最上川）流過板敷山北側，最後於酒田入海。）

(4)「に」的用法

補格助詞「に」在句中構成連用修飾文節，做句中補語，它具有多種意思和用法，其主要用法如下：

口語的補格助詞「に」，用法與文語完全相同。

① 表示行爲進行的時間

② 表示行爲進行的場所

③ 表示行爲的著落點

④ 表示行爲作用的結果

⑤ 表示動作的目的

⑥ 表示動作所及的對象

⑦ 表示被動態的主體

⑧ 表示比較的基準

⑨ 說明動作的原因、理由

⑩ 表示使役的目標

① 表示行爲進行的時間。

二十二日に、和泉《いづみ》の国までと平《たひ》らかに願《ぐわん》立つ。《土佐日記》

二十二日に、和泉の国に無事に行かれるようにと神仏に祈願する。

（於二十二日爲平安抵達和泉國作祈禱。）

② 表示行爲進行的場所。

その夜飯坂《いひさか》に泊まる。
《奥の細道》
（那天晚上在飯坂住宿。）

その夜飯坂に泊まる。

今は昔、比叡《ひえ》山に児《ちご》ありけり。
《宇治拾遺物語》
（從前比叡山延曆寺中有一稚兒。）

今では昔の話となったが、比叡山の延暦寺に一人の児《ちご》がいた。

十六日、風波やまねば、なほ同じ所にとどまる。
《土佐日記》
（十六日風波不止，仍宿在原地。）

十六日、風波がまだ止まないので、やはり同じ所に泊った。

③　表示行爲的著落點。

行き行きて、駿河《するが》の国にいたりぬ。
《伊勢物語》

更に旅を続けて、駿河の国に着いた。

（繼續往前走，來到了駿河國。）

④ 表示行爲、動作的結果，即某種事物轉變成其他事物。

三月ばかりなるほどに、よきほどなる人に成りぬれば《竹取物語》

三か月ぐらいになるころに（成人式を行うのに）相応なくらいの人になったので

（才三個月左右，便成長爲大人了。）

⑤ 表示動作的目的。

ひとびとたえずとぶらひに来《く》。《土佐日記》

人々はひっきりなしに別れのあいさつのためにやって来る。

（人們不斷來訪。）

⑥ 表示動作所涉及的對象。

つれづれなるままに日暮《ひぐ》らし硯《すずり》に向ひて
　　　　することがないのにまかせて、終日机の上の硯に向いながら

《徒然草》

（無所事事，終日面對書案。）

⑦　表示被動態、使役態的補語。

妻の嫗《おうな》に預けて養はす。
　　　　妻である老婆に預けて育てさせる。

《竹取物語》

（交給年老的妻子養育。）

人をはぐくめば、心恩愛につかはる。
　　　　人を養い育てると、心が愛情のために使われ振り回される。

《方丈記》

（養兒育女則心必爲恩受所驅。）

⑧　表示事物比較的基準。

昼の明かさにも過ぎて光りたり。

《竹取物語》

（光芒照射勝過白晝。）

昼間の明かるさよりも明るく光っていた。

⑨ 表示動作發生的原因、理由。……によって、…のために

よろづのことは、月見るにこそ慰《なぐさ》むものなれ。

《徒然草》

（諸多煩惱皆可借賞月，聊以自慰。）

すべてのつらいことは、月を見ることによって慰められるものである。

(5)「へ」的用法

「へ」在句中做補語，表示動作的方向，相當口語補格助詞「へ」。

いづ方《かた》へかまかりぬる。

《源氏物語》

（跑到何處去了。）

どちらの方へいってしまったのか。

從鎌倉時代以「へ」也用來表示動作的對象。　……に対して、……に

我が心一つにてはかなはじ。この由を院へ申してこそは。　《宇治拾遺物語》

わたしの考えだけでは決められまい。このことを院に申し上げて何とかしていただこう。

（非我一人所能決定，你將此事上奏上皇。）

(6)「と」的用法

「と」在句中作補語，有以下幾種意思。

① 表示行爲的共同者、對象。　……とともに、……と

なにごとぞや、わらはべと腹立ちたまへるか。　《源氏物語》

どうしたんですか、子供たちとけんかでもなさったんですか。

（怎麼了？是跟孩子們吵架了嗎？）

② 表示事物變化的結果。

七珍万宝《しっちんまんぽう》さながら灰燼《くわいじん》となりにき。

《方丈記》

（金銀財寶全部化爲灰燼。）

あらゆる宝物はそっくり灰やもえさしとなってしまった。

③ 表示比較的基準。

銭あれども用ゐざらむは全く貧者《ひんじゃ》と同じ。

《徒然草》

（有錢而不用等於貧窮。）

お金はあっても用いないのは、全く貧しい者と同じである。

④ 表示引用。

主殿司《とのもづかさ》は「とくとく」と言ふ。

《枕草子》

（主殿司催道：「快些!快些!」）

主殿司は「早く早く」と言う。

⑤ 表示並列。

その家の主《あるじ》と住みかと無常《むじやう》を争ふさま、いはば朝顔《あさがほ》の露に異ならず。《方丈記》

その家の主人とその家とが先を争うかのようにあわただしく滅び去って行く有様は、たとえて言うと朝顔とその上に降りた露との関係に異ならない。

（看房屋與其主人之竟相離去，無異乎牽牛花與落於其上之朝露。）

⑥ 表示比喩。……のように

御苑生《みそのふ》の百木《ももき》の梅の散る花の天に飛びあがり雪と降りけむ。《萬葉集》

御園に植えてある沢山の梅の花が散っているのが実に美しい。それは梅の花が空に舞いあがって雪のように降ったのであろう。

（庭中百株梅，花落依然美，隨風舞當空，猶如雪紛飛。）

(7)「より」的用法

在句中做補語，其用法如下：

① 表示動作的起點。

予《われ》ものの心を知れりしより、四十あまりの春秋《しゅんじう》をおくれるあひだに……

《方丈記》

（自我懂事時起，春秋來去四十有餘，其間…）

私が世間というものがわかってきてから四十年以上の年月を送っているうちに、

② 表示經過的場所。……から、……を通って

前より行く水をば、初瀬川《はつせがは》といふなりけり。

《源氏物語》

（從前面流過的這條河叫做初瀬川。）

前を流れて行く川を初瀬川というのであった。

③ 表示比較的基準。……より、……に比べて

その女、世人にはまされりけり。その人かたちよりは心なむまさりたりける。

《伊勢物語》

その女は世間にありふれた女より一だんとすぐれた人であった。容貌も美しかったがそれよりも心の方がすぐれていたのだった。

（此女子容貌出眾，而心地勝似容貌。）

④ 表示方法、手段。……で、……によって、……で以って

ただ一人徒歩《かち》よりまうでけり。
《徒然草》

ただ一人徒歩でもって参詣した。

（只身一人徒步前來參拜。）

⑤ 表示限定（多用於否定）。……のほかに、……より

もろともにあはれと思へ山桜花よりほかに知る人もなし。
《金葉和歌集》

お互いにいつくしみ合おう山桜よ、ここはお前以外には知る人もいないのだから。

（寂寞誰與共，相約喚山櫻，獨有花爲伴，舉目無故人。）

⑻「にて」的用法

在句中做補語，主要用法如下：

① 表示動作的手段、方法。

舟にて渡りぬれば、相模《さがみ》の国になりぬ。

《更級日記》

（乘船過河到了相模國。）

舟で渡ったところが、そこは相模の国であった。

② 表示時間場所。

わが生《お》ひいでし国にては西面に見えし山なり。

《更級日記》

（在我生長的地方，西望可見富士山。）

（富士山は）私の生まれ育った国では、西の方に見える山であった。

③ 表示原因、理由。 ……なので

山かげにて、嵐《あらし》も及ばぬなめり。

《十六夜日記》

山かげなので、嵐も強くないのであろう。

（山谷裡好像暴風雨也吹打不到。）

④ 表示年齡。

十二にて御元服《げんぷく》し給ふ。——十二歳で元服をなさった。

《源氏物語》

（十二歲時舉行了成人儀式。）

(9)「して」的用法

在句中做補語，用法如下：

① 表示方法、手段。……で

書きなれたる手して口《くち》とく返事などし侍りき。——書きなれた筆つきですらすらと返事など書きました。

《源氏物語》

（熟練地操起筆，立即寫了回信。）

② 動作的共同者、對象。　……で、……と一緒に

もとより友とする人一人二人して行きけり。　以前からの友人である一人二人と一緒に行った。

《伊勢物語》　（與素人朋友一、二人，結伴而去。）

③ 表示使役的對象。

御使ひして申させ給ふ。　御使いの者をやって、申し上げさせなさる。

《源氏物語》　（差人前去告知。）

⑽「から」的用法

在句中做補語，有如下用法：

① 表示時間、場所的起點。　……から

こぞから山ごもりして侍るなり。《蜻蛉日記》（從去年起一直在山上閉門頌經。）

去年から山の寺におこもりしているのです。

男馬から降りて、《平家物語》（那男子由馬上下來）

男は馬から降りて、

② 表示動作作用的經由地。

月夜よみ妹《いも》にあはむと直路《ただぢ》からわれは来つれど夜ぞ更《ふ》けにける。《萬葉集》（月夜遂人心，心中思戀人，疾步擇直路，來時夜已深。）

月夜が美しいので、いとしい人に会おうと思って、まっすぐの近道を通って私は来たけれども、それでも夜はふけてしまった。

③ 表示手段方法。　……で、……によって

徒歩《かち》からまかりて言ひ慰めはべらむ。

《落窪物語》

（歩行前去勸慰。）

徒歩で行きましてお慰めしましょう。

2　接續助詞「ば」「とも」「ど、ども」「に、を」「が」「て」「して」「で」「つつ」「ながら」等

接續助詞是附屬於用言後面，表示上文與下文的連結關係的助詞，接續助詞有：ば、とも、ど、ども、が、に、を、て、して、で、つつ、ながら、ものの、ものを、ものから等共十五個。

(1)「ば」的用法

①　接在用言的未然形下面，表示順態假定條件有「若……就」之意，口語則接在用言的假定形下面。

もし……ならば、……としたら

月の都の人まうで来《こ》ば、捕《と》らへさせむ。

《竹取物語》

（如月宮派人前來，便令人將其捉住。）

もし月の都の人がやって来るならば捕らえさせよう。

② 接在用言的已然形下面，表示順接的原因理由或在某種條件下必然發生的事情等確定條件

……と必ず、……ので、……から

この島に流されて後は、暦《こよみ》もなければ、月日のたつをも知らず。《平家物語》

この島に流罪にされてからは、暦もないので、月日のたつのも知らない。

（被流放此地後，因無暦書，不知歳月流逝。）

財《たから》あればおそれ多く、貧しければうらみ切なり。《方丈記》

財産があると心配事が多く、貧乏だとその嘆き悲しみも痛切だ。

（富則多憂，窮則多恨。）

(2)「とも」的用法

接在用言的終止形（形容詞、形容詞型的助動詞的連用形）下面、表示逆態的假定條件。

……ても

唐《から》のものは薬のほかはなくとも事かくまじ。

《徒然草》

（中國的東西除藥物外，即使沒有也無妨。）

中国の物は、薬のほかには、なくても別に不自由はない。

たとひ耳鼻こそ切れ失すとも、命ばかりはなどか生きざらむ。

《徒然草》

（即使爲此而失去耳鼻，卻不至保不住性命吧！）

たとい耳や鼻がちぎれてなくなっても、命だけはどうしてとりとめられないことがあろうか。

(3)「ど」「ども」的用法

「ど」「ども」接在用言的已然形下面，表示逆態的確定條件。

……が、……けれども、……ても

文《ふみ》を書きてやれども、返り事もせず。

《竹取物語》

手紙を書いてやったが返事もしない。

（雖寫信送去，卻無回信。）

所も変らず人も、多かれど、古《いにし》へ見し人は二三十人が中にわづかに一人二人なり。《方丈記》

所も同じ所で、人も相変わらず大勢いるが、昔会ったことのある人は二三十人の中にわずかに一人か二人になっている。

（乃是舊處，人依然很多，而往日相識的，不過二三十人中的一二。）

重き物なれども舟《ふね》に乗せつれば沈まざるが如し。《十訓抄》

重い物であっても、船に乗せたならば沈まないのと同じようなものである。

（即使是重物若置於船上便如同能漂浮。）

(4)「が」的用法

「が」接在用言的連體形後面，其用法如下：

① 表示逆態接續的確定條件。 ……けれども、……のに、……が

三日とさだめられたりしが、いま一日ひきあげて、二日になりにけり。

三日と決められていたのに、もう一日くりあげて、二日になった。

《平家物語》

（起初定為三日，但又提前一天，改為二日。）

② 表示單純接續。　……が、……ところ

美濃《みの》国に貧しく賤しき男ありけるが老いたる父を持ちたり。

美濃国に貧しくて、身分の低い男がいたがその男は、年老いた父をかかえていた。

《十訓抄》

（美濃國有一貧窮且身分低微的男子，其家中有老父。）

(5)「に」「を」的用法

「に」「を」接在用言的連體形後面，其用法如下：

① 表示逆態接續的確定條件。　……が、……けれども、……のに

涙落つとも覚えぬに、枕浮くばかりになりにけり。《源氏物語》（未覺落淚，枕頭卻已透濕。）	いつ涙が落ちたとも気づかないのに、枕も浮くばかりに濡れてしまった。
まかでなむとし給ふを、暇《いとま》さらに許させ給はず。《源氏物語》（欲従宮中退出，而皇上根本不准假。）	退出してしまおうとなさるのに、まったく休暇をお許しになりません。

② 表示順態的確定條件。……ので、……ために、……から

この事を嘆くに、ひげも白く、腰もかがまり《竹取物語》（爲此悲傷，鬍鬚白了，背也駝了。）	この事を嘆き悲しんだために、ひげも白くなり腰も曲がって、

ある時、木の枝にかけたりけるが、風にふかれて鳴りけるを、かしがましとて捨てつ。《徒然草》

ある時、木の枝にかけておいたら、風に吹かれ鳴ったので、うるさいと言って捨てた。

（有一次，將其（葫蘆）掛在樹上，風一吹嗚嗚作響，於是嫌吵鬧扔掉了。）

③ 單純的接續。　…と、…ところ、…が

あやしがりて寄りて見るに、筒《つつ》の中光りたり。《竹取物語》

変に思い寄って見ると、筒の中が光っていた。

（感到奇怪，上前看時，只見竹筒中有光亮。）

垂《た》れこめてのみ日を経るに、ある人まうで来て、《琴後集》

家の中に閉じこもってばかりいて、日を送っていたところ、ある人がたずねてきて、

（當閉門渡日時，竟有人來訪。）

(6)「て」的用法

「て」接在用言的連用形下面，其用法如下：

① 表示上下的逆態接續，有「可是」「然而」的意思。　……のに、……たものの、……けど

花の名は人めきて、かうあやしき垣根《かきね》になむ咲きはべりける。

花の名まえはりっぱで一人前ですけど、このようなみすぼらしい家の垣根に咲くのでございます。

《源氏物語》

（此花名字雖華美，可卻開在如此下等人家的籬笆上。）

② 表示順接

A 表示原因、理由。　……ので、……から

八日さはることありてなほ同じ所なり。

八日、さしさわりがあるのでやはり同じ所にいる。

《土佐日記》

（八日因故未開，仍介駛。）

B　表示動作、狀態的前後順序。　……て、……それから

春過ぎて夏来たるらし。

春が過ぎて、夏が来ているらしい。

《萬葉集》　（春去夏至矣）

(7)「して」的用法

「して」接在用言的連用形下面，表示前後文的單純接續。　……で、……て

ゆく河の流れは絶えずしてしかももとの水にあらず。

流れて行く川の流れは絶えなくてしかももとの水ではない。

《方丈記》　（川水奔流不息，且去而不復返。）

釈迦牟尼《しやかむに》如来《によらい》、默默《もくもく》として座《ま》し給《たま》へり。

釈迦牟尼如来が默然としてお座りになっている。

《今昔物語集》　（釋迦牟尼如來默然而坐。）

(8)「で」的用法

「で」接在用言的未然形下面，表示否定。　……なくて、……ないで

親《おや》の合はすれども、聞かでなむありける。

《伊勢物語》

（對父母提及的姻緣全不理會。）

親が結婚させようとしたが、聞かないでいた。

さては扇《あふぎ》のにはあらで、海月《くらげ》のなり。

《枕草子》

（看來，此非扇骨，是水母之骨吧。）

そんなでしたら、扇の骨ではなくて、海月の骨でございましょうよ。

(9)「つつ」的用法

「つつ」接在動詞連用形下面，其用法如下：

① 表示動作的反複和繼續。　……ては、……し続けて

月出《い》づれば、出《い》て居《ゐ》つつ嘆き思へり。

《竹取物語》

月が出ると、外に出て坐っては嘆き坐っては嘆きした。

（每逢月亮出來，便坐到外面悲嘆不止。）

② 表示兩種動作的並行。……ながら

白き鳥の嘴《はし》と足と赤き、しぎの大きさなる、水の上に遊びつつ魚《いを》を食ふ。

《伊勢物語》

白い鳥で口ばしと足とが赤い、しぎの大きさなのが、水の上に遊びながら、魚を食っている。

（有白鳥紅嘴紅足，大如鷸，在水面上邊遊戲邊吃魚。）

⑽「ながら」的用法

「ながら」接在動詞、助動詞的連用形下面，形容詞詞幹下面，表示如下意思：

① 表示兩個動作同時進行。……ながら

からうじて持ちつけて、よろこびながら加持《かぢ》せさするに、《枕草子》

やっと待ちに待った修験者《しゅげんざ》が来たのでよろこびながら加持させたところ、

（總算盼來了修驗僧，一面高興，一面請他來做祈禱時，）

② 表示逆態的確定條件。 ……けれど、……ものの

身はいやしながら、母なん宮なりける。《伊勢物語》

身分は低いけれど、母は皇族であった。

（身分至低微，其母卻是皇族。）

③ 接在數量詞後面，表示「全部」「都」的意思。 ……まま、……全部、……すべて

すべてをりにつけつつ、一年《ひととせ》ながらをかし。《枕草子》

いつでもそのおりそのおりにつけて、一年中すべて興趣深いものである。

（總之，隨著季節變換，一年到頭妙趣無窮。）

⑾「ものの」「ものを」「ものから」的用法

接在用言的連體形下面，表示逆態的確定條件。……けれども、……のに、……が

君来むと言ひし夜ごとに過ぎぬれば頼まぬものの恋ひつつぞ経《ふ》る。

《伊勢物語》

（毎毎聞君至，夜夜思斷腸，明知不可依，戀情卻難忘。）

あなたが行こうと言った夜ごとにむなしく過ぎてしまったので、もうあてにはしておりませんけれど、やはり恋しく思いながら暮らしております。

同じ所なれば女の目には見ゆるものから、おとこはある物かとも思ひたらず。

《伊勢物語》

（因同在一處，她自然看見了他，而他對她卻視而不見。）

同じ場所にいるので女の目には男の姿が目に入ってはいるのに、男の方はまったく女がいるものとも思っていない。

都出でて君に会はむと来しものを来しかひもなく別れぬるかな。

《土佐日記》

都を立ってあなたに会おうと、思って来たのに、来たかいもなくもう別れてしまうのですね。

（遙遙辭都城，千里來相會，終是莫路人，東西各自飛。）

3　係助詞「は」「も」「ぞ、なむ」「や、か」「こそ」

日語文語中係助詞共有七個：は、も、ぞ、なむ（なん）、や（やは）、か（かは）、こそ接在各種詞類下面，表示提示、強調、疑問、反問等意義。以型態來講，對句子結尾起約束作用，也就是說，不同的係助詞要求不同的結尾形式，這種相互呼應的關係，文言語法中稱為「係り結び」法則。

係助詞	意義	句尾形式	用例
は	提示強調	終止形	松は葉もよし《徒然草》　春はあけぼの《枕草子》
も	列舉添加強調	體言	これも今は昔《宇治拾遺物語》
ぞ	強調	連體形	ふるさとは花ぞ昔の香ににほひける《古今集》
なむ	較強的提示	連體形	もと光る竹なむ一筋ありける《竹取物語》
や（やは）	疑問	連體形	ほととぎすや聞き給へる《徒然草》

係助詞	意義	句尾形式	用例
か（かは）	反問	連體形	わらはごとにてはなにかはせむ《土佐日記》
こそ	突出強調強制的提示	已然形	聞きもこそすれ《源氏物語》

(1)「は」的用法

「は」表示提示，強調事物把被提示的事物與其他事物加以區別。……は

我はさやは思ふ。《徒然草》（難道我會這麼認為麼？）——私はそうは思うだろうか。

古京はすでに荒れて、新都はいまだ成らず。《方丈記》（舊都已荒蕪，而新都尚未建成。）——旧都はすでに荒れて、新都はまだ完成しない。

（注）「は」接在格助詞「を」的後面，使用時發出濁音便為「をば」

名をばさぬきの造麻呂となむ言ひける。《竹取物語》

名前はさぬきの造麻呂と言うのであった。

（名叫讚岐造麻呂。）

(2)「も」的用法

① 表示同類事物的列舉。……も

木の花は濃きも薄きも紅梅。《枕草子》

木の花は色の濃いのも薄いのも紅梅がよい。

（木本花無論濃色淡色都數紅梅好。）

② 表示同類事物中的一例。……も

潮満ちぬ。風も吹きぬべし。《土佐日記》

満ち潮になった。きっと風も吹くだろう。

（滿潮了，必將起風。）

③ 表示強調。 ……も

よしなしごと言ひて、うちも笑ひぬ。　《徒然草》

つまらないことを言って、笑いもしてしまう。

（說此無聊的事卻也發笑。）

(3)「ぞ」「なむ」的用法

表示強調較強的提示，「ぞ」「なむ」在句中出現時，則要求句尾的用言以連體形結句。

日数の速く過ぐるほどぞ、ものにも似ぬ。　《徒然草》

日数がたちまち過ぎてしまう度合いは、他のどんなものにも似ないほど速いものだ。

（光陰飛逝，無與倫比。）

ただ月を見てぞ西東《にしひむがし》をば知りける。　《土佐日記》

ただ月を見てもう方角が分かったのだ。

（觀月使知東西。）

その人、かたちよりは、心なむまさりたりける。

《伊勢物語》

（此人心地勝過容貌之美。）

その人は顔かたちよりも心ばえがほんとうにすぐれていたのだった。

それをよばふ男二人なむありける。

《大和物語》

（有兩個男子都向她求婚。）

それに求婚する男が二人もいたのだった。

(4)「や（やは）」「か（かは）」的用法

句中出現「や」、「か」時，要求句尾以連體形結句。

① 表示疑問。　……か

「人やある、人やある」とめされけれど、御《おん》いらへ申すものもなし。

《平家物語》

（法皇召喚道「有人嗎？有人嗎？」卻無人答應。）

法皇は「だれかいるか、だれかいるか」とおつきの人をお召しになったが、御返事申し上げる者もいない。

仮《かり》の宿《やど》り、誰がためにか心を悩まし、何によりてか目を喜ばしむる。

《方丈記》

（暫且棲身之處，爲誰辛苦，緣何歡喜。）

この世は一時的な仮の宿のようなものであるのに、誰のためにあくせくし、何を見て喜んでいるのか。

② 表示反問。　……だろうか、いや……ではない

わづかに二つの矢、師の前にて一つをおろかにせんと思はんや。

《徒然草》

（僅僅兩支箭，而且是在師傅面前難道會對其中一支等閑視之嗎？）

たった二本の矢、しかも師匠の前で、先に射る一本をいいかげんにしようと思うであろうか、いや、しないであろう。

あとまで見る人ありとは、いかでか知らむ。《徒然草》

（她怎會知道有人一直在偷看，（絕不會知道）。）

あとまで見送っている人がいるとは、どうして知っていようか、いや知ってはいない。

さる導師《だうし》のほめやうやはあるべき《徒然草》

（難道有這樣誇讚大師的嗎？）

そんな導師のほめ方ってあるだろうか、いや、ないだろう。

とびのゐたらむは、何かは苦しかるべき。《徒然草》

（縱有鳶落於此，又何妨。）

とびがとまっているようなことがどうして困るのだろうか、困ることはないはずだ。

(5)「こそ」的用法

「こそ」表示強調，強烈的提示，句中出現「こそ」則相應地要求句尾用言以已然形結句。

男はこの女をこそ得めと思ふ。

《伊勢物語》

（他想：一定要娶這女子爲妻。）

男はこの女をぜひ妻にしたいものだと思う。

よろづのことは月見るにこそなぐさむものなれ。

《徒然草》

（諸多煩惱，皆可由賞月得以寬慰。）

いろいろな悩みごとは月を見ることによってこそなぐさめられるものである。

4　副助詞「だに」「すら」「さへ」「し」「のみ」「ばかり」「まで」「など」

副助詞是附屬於體言、用言及助詞下面，並增添其意義的助詞。副助詞有如同副詞的意義和職能，對下面的用言起修飾限定作用，文語中常見的副助詞有：だに、すら、さへ、し、のみ、ばかり、まで、など共八個。

(1)「だに」的用法

①　接在體言、用言連體形、助詞下面，以較輕程度的事物爲例，並由此推出程度更重要的事物。

……さえ

光やあると見るに、ほたるばかりの光だになし。《竹取物語》

光があるかなと思って見るが、ほたるほどの光さえない。

（想看看是否有光亮，卻連螢火蟲般的亮光也沒有。）

②　表示願望等的最低限度。　　せめて……だけでも

家の人どもにものをだに言はむとて言ひかかれどもこととともせず。

《竹取物語》

家の人たちにせめてものだけでも言おうと思って、話しかけるが、誰も相手にしない。

（哪怕只是和她的家人說上話呢，這樣想著便上前搭訕，卻全然不被理睬。）

(2)「すら」的用法

接在體言、用言連體形、助詞下面，表示以一個報端的事物爲例，類推其他一般的事物。　……さえ

言問《ことと》はぬ木すら妹《いも》と兄《せ》ありとふをただ独《ひと》り子にあるが苦しさ。

《萬葉集》

もの言わない木でさえもつれあいがあるというのに、私は兄弟もなく、ひとりっ子であるのが苦しいことだ。

（樹木默無語，兄妹且相依，嘆我獨一人，此生何淒淒。）

(3)「さへ」的用法

接在體言、用言連體形、助詞下面，表示在某一事物上再添加其他事物。　……までも

世《よ》になくきよらなる玉《たま》の男御子《をのこみこ》さへ生まれ給ひぬ。

《源氏物語》

（竟生下一位舉世無雙、容貌似玉的皇子。）

世間にくらべるものがないほど美しい玉のような皇子までも生まれなさいました。

(4)「し」的用法

接在各種詞語下面，表示加強語氣。

などかくしも思ふらむ。

《源氏物語》

（爲何還要這樣想呢？）

どうしてこのように思っているのだろうか。

世の中は空《むな》しきものと知る時しいよよますます悲しかりけり。

《萬葉集》

（塵也本無常，萬物空若無，此理明悟時，更嘗悲與苦。）

世の中ははかないものだと知る時、いよいよほんとうに悲しさを覚えることだよ。

(5)「のみ」的用法

接在各種詞語的下面：

① 表示強調。　たいへん、特に

日暮れは、かなしうのみおぼゆ。　　日暮れは特に悲しく思われる。

《蜻蛉日記》

（日暮尤感悲傷。）

② 表示限定。　……だけ、……ばかり

ただ白波の白きのみぞ見ゆる。　　ただ波の白いのだけが見える。

《土佐日記》

（唯見白浪滔滔。）

(6)「ばかり」的用法

接在各種詞語下面，表示下列意義：

① 表示限定。　……ばかり、……だけ

ひとり調べひとり詠じて、みづから情《こころ》を養ふばかりなり。

一人で弾き、一人でうたって、自分で自分の心を慰めているだけのことである。

《方丈記》

（獨自撫琴，獨自吟誦，聊以養心自慰耳。）

② 表示大約的數量、程度。 ……ほど、……くらい

命あるものを見るに、人ばかり久しきはなし。

生命のあるものを見ると、人間ほど長生きのものはいない。

《徒然草》

（縱觀一切生靈，長壽者莫過於人。）

(7)「まで」的用法

接在各種詞語下面，表示下列意思：

① 表示事物動作的限界，範圍。 ……まで

夜ふくるまで、さけのみ、物語りして、

《伊勢物語》

（飲酒、閑叙到深夜）

夜がふけるまで、酒を飲んだり、いろいろお話ししたりして、

② 表示事物動作的程度。……ほど、……ぐらい

風雲《ふううん》の中に旅寝《たびね》するこそ、あやしきまで妙なる心地はせらるれ。

《奥の細道》

（露宿風雲中，妙趣横生不可言狀。）

風や雲の行き通う自然の風光の中に旅寝するのは、ふしぎなぐらい妙趣が感じられることなのだ。

(8)「など」的用法

接在各種詞語下面，表示如下意思：

① 表示例示。……など

風の音《おと》、虫の音《ね》など、はた言ふべきにあらず。

《枕草子》

（風聲、蟲鳴更是妙不可言。）

風の音や虫の鳴き声など、いまさら言うまでもなくおもむき深い。

② 表示引用。……などと

人は草葉《くさば》の露《つゆ》なれやなどのたまふ、いとなまめかし。

《和泉式部日記》

（說道：「人生猶草上朝露」云云，十分高雅。）

人生は草葉に降りた露のようにはかないよなどとおっしゃったのは、たいそう優雅である。

③ 表示委婉。……など

火など急ぎおこして炭もて渡るも、いとつきづきし。

《枕草子》

火などを急いでおこして、炭を持って廊下を渡っていくのも、冬の朝にはたいへんふさわしい。

（見（佣人們）匆忙生起火，往來運送木炭也頗有冬天之情趣。）

5　終助詞「な」「ばや」「がな」「かし」「そ」「なむ」「か、かな」「は」等

終助詞位於句末，用來表示「希望、禁止、詠嘆、感嘆、強調」等意。

(1)「な」的用法

接在動詞終止形（ラ變連體形）後面，表示禁止。　……な

あやまちすな。心して降りよ。　―　失敗をするな。注意して降りなさい。

《徒然草》

（下來要小心，別出差錯。）

(2)「そ」的用法

接在動詞的連用形（カ變サ變動詞未然形）後面，多以「な（動詞）そ」的形式用於句中，表示禁止。

……するな

必ずわが説にななづみそ。　―　必ず私の説にこだわってはならない。

《玉勝間》

（一定不要拘泥於我的學說。）

(3)「ばや」的用法

接在用言的未然形後面，表示自己的願望。　……たい

今井が行くへを聞かばや。——今井の行くえを聞きたい。

《平家物語》

（想尋問今井何處去了。）

(4)「なむ」的用法

接在動詞未然形後面，表示對他人的希望。　……ほしい、……てもらいたいものだ

「惟光《これみつ》、とく参《まゐ》らなむ」と思《おぼ》す。——「惟光が、早く参上してほしい」、とお思いになる。

《源氏物語》

（心想，但願惟光快出參見。）

(5)「がな」「もがな」「もが」「もがも」的用法

接在各種詞語的後面，表示願望。　……ほしい、……たいものだ

いかでとく京《きやう》へもがな。　　何とかして早く都へ帰りたいものだ。

《土佐日記》

（只盼能早日返回京城。）

(6)「てしが」「てしがな」「にしが」「にしがな」的用法

接在用言連用形下面，表示自己的願望。　　……たい

いまはいかで見聞かずにありにしがな。　　今はなんとかして見聞きしないでいたいものだ。

《蜻蛉日記》

（現在只想這樣不聞不見才好。）

(7)「か」「かな」的用法

接在體言或用言連體形下面表示詠嘆。　　……よ、……な、……ことだ

あはれなる人を見つるかな。　　まことにかわいい人を見たことだよ。

《源氏物語》

（見到了一個實在可愛的人啊。）

苦しくも降り来る雨か三輪《みわ》が崎《さき》佐野《さの》のわたりに家もあらなくに

《萬葉集》

（天公苦吾哉，大雨落天涯，三輪崎佐野，舉目無人家。）

困ったことに降って来る雨だなあ。三輪《みわ》が崎《さき》の佐野《さの》の渡しに雨宿りするべき家もないのに。

(8)「は」的用法

接在句子末尾後面，表示詠嘆。　……よ

その文《ふみ》は殿上人《てんじやうびと》みな見てしは。

《枕草子》

（此信，殿上人全部都看過了啊。）

その手紙は殿上人がみな見てしまったよ。

(9)「かし」的用法

接在句尾下面，表示強調。　……だよ、……よ

われはこのごろわろきぞかし。

《更級日記》

私はいまは（器量が）よくないよ。

（近來，我體貌不揚。）

6　間投助詞「や」「よ」「を」

間投助詞用於文節末或句末，表示感嘆加強語氣和招呼等意，常用的有「や、よ、を」三個。

(1)「や」「よ」的用法

表示詠嘆。　……よ、……なあ

この川《かは》は西国《さいごく》一の大河《たいが》ぞや。

この川は西国一の大きい川だよ。

（此河乃西國的第一大河。）

人の言ふらむことをまねぶらむよ。

人の言うようなことをまねるということだよ。

《枕草子》

（會模仿的人說話呢。）

表示招呼。　……よ

朝臣《あそん》や。さやうの落葉《おちば》をだに拾へ。

《源氏物語》

（朝臣、最低要把那種葉子蒐集起來。）

朝臣よ。せめてそのような落葉でも拾え。

少納言よ。香炉峰《かうろほう》の雪いかならむ。

《枕草子》

（少納言，香爐峰的雪是什麼樣？）

少納言よ。香炉峰の雪はどうであろうか。

⑵「を」的用法

表示輕度的感嘆並加強語韻。

生《い》ける者つひにも死ぬるものにあればこの世《よ》なる間は楽しくをあらむ。

《萬葉集》

（既知生者必有死，有生之年且求歡。）

生きている者は最後には死ぬものであるから、この世にいる間は楽しくありたいものだ。

第六章　敬語

一、敬語及其種類

講話時和寫文章時，講話人（作者）爲了對聽話人（讀者）或對講話中所提到的人表示敬意，或者表示身分關係，有一種與一般講話不同的說法，這就叫做敬語。敬語可分下列三種。

㈠尊敬語

爲了對聽話人和對講話中所提到的人表示尊敬，對於他們的動作和事物要使用特別尊敬的講法。

この君の御童姿《わらはすがた》、いと、変へま憂く思《おぼ》せど、十二にて御元服し給ふ。《源氏物語》

改變源公子的童姿，主上雖感到甚爲惋惜，但到了十二歲，還是舉行了冠禮式。

（この君の御童姿を、主上はとても変えることをつらくお思いになりますけれど、十二歲で御元服なさいます。）

> 敬語學習
>
> 敬語的發達是日語的一大特點，在日語中省略主語是很常見的，所以在很多情況下，只有理解敬語，才能弄清楚文章中人物之間及上下文的關係。
>
> 在敬語中尤其需要注意是活用語，在學習敬語時，重要的是弄清楚每個敬語表示的是尊敬、謙遜、叮嚀中的何種意思，以及誰對誰表示尊敬。（或者爲了尊敬誰而自謙誰）。

㈡謙遜語

為了對應受尊敬的人或對聽話人表示尊敬，自己和自己方面的人的動作或事物要以特別謙虛的態度來敍述自己的行動，這種講法就是謙遜語。

「光の君」といふ名は、高麗人《こまうど》のめで聞こえて、つけ奉りけるとぞ、言ひ伝へたるとなむ。《源氏物語》

世人傳說：「光君」之名是朝鮮相士爲贊美源公子而取的。

神・仏の、あはれびおはしまして、しばしのほど、御心をも悩まし奉るにやとなむ思う給ふる。《源氏物語》

竊以爲（公子一時來此），此乃神佛加憐於我，而苦公子心志於一時也。

□在使用謙遜語時，其心情主要是對對方表示尊敬。

（「光の君」とい名は、高麗人がこの君をおほめ申し上げて、おつけ申し上げたのだと言い伝えているということです。）

（「あなたがこんな田舍に一時にせよ移って来られたのは、神・仏が私を怜れんでいらっしゃって、しばらくの間あなたさまのお心をお苦しめ申し上げるのではないかとさように存じます。）

㈢鄭重語

為了對聽話人表示尊敬，但與自己和對方的事物無關，只在敍述上表示鄭重。

六七歳より見聞き侍りしことは、いとよく覚え侍れど、そのこととなきは、証のなければ、用ゐる人も候はじ。九つに侍りし時の大事を申し侍らむ。《大鏡》

雖是六七歳時所見所聞，卻也記憶猶新，但並非是何等大事，也沒有確証，也不會有相信之人，所以講講我九歳時的大事吧。

（六七歳から見聞きしましたことは、よく覚えておりますが、大した事でもない事は、（お話ししてみたところで、果たしてそんな事が実際あったかどうか）証拠もない事ですから、信用する人もありますまい。で、私が九歳でありました時の大事件をお話ししましょう。）

二、敬語的表達方法

㈠尊敬語

1 加表示敬意的接頭詞和接尾詞。

接頭詞：おほみ—　おほん—　おん—　貴—　御—　ご—
高—　尊—　芳—　み—　令—　等。

接尾詞：—上　—君　—ご　—さま　—氏　—たち　—殿
等。

2 使用表示尊敬的名詞或代詞。

上　帝《みかど》　お前　お許《もと》　御身　貴殿　君　そこ　そこもと
殿下　みまし　等。

3 使用表示尊敬的動詞。

遊ばす　いでます　います　いますがり　おはします
おはす　思《おぼ》し召《め》す　仰《おほ》す　思《おぼ》す　大殿《おほとの》ごもる
思ほし召す　思ほす　聞こし召す　聞こす　下さる
御覧ず　知ろし召す　たうぶ　奉る　たぶ　賜《たま》はす
たまふ　つかはす　宣《のたま》はす　宣《のたま》ふ　まします　ます

可以用做兩種敬語的詞

「参る」和「奉る」除了於謙遜語之外，還可以做尊敬動詞使用。「侍り」和「さぶらふ」除了用於叮嚀語之外，還可以做爲謙遜動詞使用。而且「給ふ」做補助動詞時，有四段活用和下二段活用動詞的區別。分別用於尊敬和自謙，要加以注意。

主要的尊敬、謙遜動詞

参る　見そなはす　召《め》す　等。

4　使用表示尊敬的補助動詞。
遊ばす　います　いますがり　おはします　おはす
下さる　たうぶ　たぶ　給ふ（四段）　まします
ます　等。

5　使用表示尊敬的助動詞。
る　らる　す（下二段）さす　しむ　（す）（四段）

㈡謙遜語

1　加表示謙遜的接頭詞和接尾詞。
接頭詞：愚—　小—　拙—　卑—　微—　弊—　等。
接尾詞：—ども　—ら　—拝　等。

2　使用表示謙遜的代名詞。
おのれ　それがし　なにがし　まろ　わ
わらは　われ　等。

普通語	尊敬語	謙遜語
与ふ	たまふ 賜《た》ぶ 賜《た》うぶ 賜《たま》はす （くださる）	奉る 参らす （さしあげる）
あり 居り	おはす おはします ます まします います いますがり （いらっしゃる）	侍り、候ふ （伺候する おそばに控える）
寝《い》ぬ	大殿ごもる （おやすみになる）	
言ふ	仰《おほ》す、宣《のたま》ふ 宣はす （おっしゃる）	申す 申し上ぐ 聞こゆ 聞こえさす 奏す、啓す （申し上げる）
受く		たまはる （いただく）

3 使用表示謙遜的動詞。

致《いた》す　いただく　承《うけたまは》る　聞こえさす　聞こゆ
啓す　さぶらふ　奏す　存ず　奉る　たまはる　仕る
侍り　申し上ぐ　申す　まうづ
まかづ　まかる　奉る　参らす　参る　等。

4 使用表示謙遜的補助動詞。

致す　聞こえさす　聞こゆ　奉る　給ふ（下二段）
仕る　申し上ぐ　申す　奉る　参らす　等。

㈢鄭重語

1 使用表示鄭重的動詞。

侍り　候ふ（さぶらふ、さうらふ）

2 使用表示鄭重的補助動詞。

侍り　候ふ（さぶらふ、さうらふ）

□謙遜的補助動詞「給ふ」（下二段），平安時代在會話的句子中接在與自己動作有關的動詞（主要有思ふ、見る、聞く）的後面，表示對聽話人的謙遜之意。

普通語	尊敬語	謙遜語
思ふ	おぼす 思ほす 思《おぼ》し召す 思ほし召す （お思いになる）	存《ぞん》ず （お思い申す）
聞く	聞こす 聞こし召す （お聞きになる）	承る （お聞きする うかがう）
着る 乗る	召す、奉る （お召しになる お乗りになる）	
食ふ 飲む	聞こし召す 召す、食す 参る、奉る （召しあがる）	
去る		まかる まかづ （退出する）
知る 治む	知ろし召す （お知りになる お治めになる）	

三、重疊使用敬語的表現方法

以上所述，都是單獨使用敬語的場合，但在實際文章中，很多的情況下，還重疊使用敬語，以表示更加複雜的敬意。

㈠謙遜語和尊敬語重疊使用的場合

いみじく静かに公に御文奉り給ふ。

《竹取物語》

（大層物静かに、天皇にお手紙をさしあげられる。）

這是明姬將回月世界時，送給帝王的一封書信，其中謙遜語的尊敬語並用。首先，用謙遜語「奉り」，以明姬自己卑下的口吻，對接受書信的帝王表示尊敬；其次，再用尊敬語「給ふ」表示送信人明姬自己尊敬的心情。

普通	尊敬語	謙遜語
す	遊ばす（なさる）	致《いた》す つかまつる つかうまつる（いたす）
見る	御覧ず 見そなはす（御覧になる）	見す
行く 来《く》	おはす おはします いでます（いらっしゃる おいでになる）	参る まうづ（うかがう 参上する）
呼ぶ	召す（お呼びになる）	

於肅靜之中，將書信呈於主上。

(二)謙遜語和鄭重語重疊使用的場合

いとよく申し侍りぬ。幾日ばかりこもらせ給ふべきにか。《枕草子》

已將祈願之意向佛言明，但不知在此參拜幾日？

それ啓しにとて、もの見さして参り侍りつるなり。《枕草子》

欲將此事奏聞中宮，特於宴中參見。

前者是僧人對寺廟表示虔誠祈禱時對清少納言說的一段話，謙遜語「申し」是以僧人自己卑下的口吻對中宮表示尊敬的心情；鄭重語「侍り」是對聽話人清少納言表示尊敬的心情。

後者是清少納言對中宮說的話，這句話也是謙遜語和鄭重語並用。謙遜語「参り」是講話人的動作，是對聽話人使用的，所以再加上鄭重語「侍り」，是對聽話人—中宮，再進一步加強敬意。

（御祈願の趣旨は仏様に十分に申し上げました。幾日ぐらいお籠《こも》りの御予定ですか。）

（それを中宮様に申し上げようと存じまして、宴も途中に参上したのでございます。）

自敬語和尊大語

在古文裡，帝王表示自己動作或事情時，有時使用尊敬語，這種現象與其說是身份高貴者對自己使用敬語，不如說在很多情況下是出於作者對高貴者的尊敬感情。這種敬語的使用叫「自敬語」。如：

尊敬語和鄭重語並用的例子比較少，可是也可照此例去思考。

㈢尊敬語重疊使用的場合

女院は今更いにしへを思し召し出ださせ給ひて忍びあへぬ御涙に、袖のしがらみせきあへさせ給はず。《平家物語》

（女院は今更のように昔を御回想になって、我慢しかねてこぼれる御涙を、袖でせきとめることがおできにならない。）

女院憶起往昔之事，忍耐不住，眼中淚珠用衣袖也無法拭乾。

這是敘述大原親居的建禮門院的事情，句中重複地使用了尊敬語，是爲了進一步加強敬意，是對身份極其高貴的人最高尊敬的表現。

○重疊使用敬語的場合，其原則是以「謙遜—尊敬—鄭重」爲序。

されば汝は阿波の内侍にこそあんなれ。今更御覧じ忘れける、ただ夢とのみこそ思し召せ。《平家物語》

（如此說來，汝乃阿波之內侍，可吾已忘記，想來此事，好似一夢。）

而且在和身份低的人談話時，有時使用謙遜語表示對方對自己的動作，這時說話人是充分意識到對方身份比自己低，這種用法叫「尊大語」。如

そのありさま、参りて申せ。《徒然草》

（那事的情況，你到我這兒來講。）

第七章　句　法

一、文節（文節《ぶんせつ》）

文節是由一個或兩個以上的單詞（或一個獨立詞加上一個附屬詞）所構成的，至少是由一個獨立詞所構成。

文節是從語氣上自然劃分的一個段落，讀音時形成暫短的停頓。

㈠主語文節：充當句子的主語的文節。

1.體言

雨降る　雨が降る（下雨）

風吹きぬべし。《土佐日記》風が吹くにちがいない。（一定刮風）

2.用言連體形 ＋ 助詞

歩むは、苦し。歩くのは、苦しい。（走路艱難）

3.獨立詞 ＋ 助動詞 ＋ 助詞

飢ゑたるは死す。飢えたのは死ぬ。（饑餓者死去）

㈡述語文節：充當句中的述語的文節。

1.用言

海穏やかなり。　海は穏やかだ。（海面平靜）

鳥も鳴く。　鳥も鳴く。（鳥也叫）

2.體言 ＋ 判斷助動詞（なり）

時は金なり。　時は金だ。（時間就是金錢）

3.體言 ＋ 助詞

そはまことか。　それはほんとうか。（那是眞的嗎？）

㈢連體修飾文節：在句中充當修飾體言的文節。

1.用言連體形

おもしろき夕《ゆふべ》。　美しい夕景色。（美麗的黃昏）

2.用言 ＋ 助動詞

霞める空　霞《かす》んだ空（有霧的天空）

3.連體形

ある人　ある人（某人）

4.體言 ＋ 助詞

人の命　人の命（人的命）

夢の世　夢の世（夢幻般的世間）

5.程度副詞

ややのち　少しのち（稍後）

㈣連用修飾文節：在句中充當修飾用言的文節。

1.形容詞、形容動詞的連用形

花美しく咲けり。　花が美しく咲いた。（花開得美麗）

うるはしくよそほふ。　美しく飾る（裝飾得美麗）

稲豊かに実る。　稲が豊かに実る。（稻穀豐收）

2.副詞

いとかなし。　たいへん悲しい。（極其悲傷）

3.體言（相當於賓語）

花見る人。　花を見る人。（賞花的人）

4.用言連體形 ＋ 形式體言（文語中多省略）

走るを見る。　走るのを見る。（觀看跑步的姿勢）

5.動詞連用形 ＋ 助動詞（連體形） ＋ 形式體言（文言中多省略） ＋ 格助詞

倒れたるをおこす。　倒れたのをおこす。（把倒了的扶起來）

6.用言 ＋ 接觸助詞（ば）（原因状語從句）

寒ければ枯れたり。　寒いので、枯れた。（因寒冷而枯萎）

㈤對等文節：在句中處於對等關係的文節。

1.用言連用形

山高く　けはし。　山が高くて　けわしい。（山高而險陡）

2.用言 ＋ 助詞

ありや　なしや。　あるか　ないか。（或有或無）

3.體言並列 ＋ 助詞

西と　東とに別れぬ。　西と　東とに別れてしまった。（分出東西兩路）

4.用言連體形

高き　いやしき人、（身分の）高い　賤しい人、（高貴的低賤的人）

㈥補助文節：兩個文節相連，前者表示主要意思，後者屬於為前者增加某種語法意義的文節。

われ、学者にあらず。　わたしは学者ではない。（我不是學者）

ふるさとは恋しくもなし。　ふるさとは恋しくない。（故鄉也不留戀）

㈦獨立文節：在句中處於獨立地位，與其他無直接聯係的文節。

1.接續詞

花および鳥　花および鳥（花和鳥）

2.感嘆詞

あはれ、あな面白。《古語拾遺》　ああ、ほんとうにおもしろい。（啊！眞有意思）

3.體言（呼語）＋助詞

少納言《せうなごん》よ、香炉峰《かうろほう》の雪いかならむ。《枕草子》

少納言よ、香炉峰の雪はどうであろうか。（少納言，香爐峰的雪景如何？）

二、文節與文節之間的關係

文節與文節相連接時，必然要發生某種關係，其關係如下：

主述關係

連用修飾關係

連體修飾關係

對等關係

補助關係

獨立關係

㈠主述關係

鳥　鳴く。　鳥が　鳴く（鳥叫）

春　来。　春が　来る。（春來）

花　咲く。　花が　咲く。（花開）

飢ゑたるは　死す。　飢えた者は　死ぬ。（饑餓餓者死去）

歩むは　苦し。　歩くのは　苦しい。（走路艱難）

(二)修飾語被修飾語的關係

1. 連體修飾關係

おもしろき　夕　美しい　夕景色（美麗的黃昏）

夏の　夜　夏の　夜（夏天的夜晚）

ある　山里《やまざと》　ある　山里（某山村）

白き　水早く流れたり。《更級日記》　白い　水がいきおいよく流れていた。（白色的水湍急地流著）

壺《つぼ》なる　御薬たてまつれ。《竹取物語》　壺にある　お薬をさしあげよ。（請服用罐中的藥）

2. 連用修飾關係

しばし　待て。《竹取物語》　少し　待って。（稍等一下）

いと　寒き夜　たいへん寒い夜（非常寒冷的夜晚）

きのふ会ひし人なり。　きのう会った人です。（是昨天見過的人）

雪高く　つもれり。　雪が高く積もってしまった。（雪堆得很高）

風はげしく吹く。　風がはげしく吹く。（風刮得很大）
風そよと吹く。　風がそよそよと吹く。（微風習習）
富士のみねかすかに見ゆ。　富士の峰がかすかに見えて……。（富士山峰依稀可見）
風雨荒れて　舟出でず。　風雨が吹き荒れて　船が出ない。（狂風大雨，不能開船）

(三)對等關係

海と山とおもしろし。　海と山が美しい。（海美山亦美）
いやしく貧しき人。　身分も低く　貧しい人。（卑賤而貧窮的人）
その山のさま高くうるはし。《竹取物語》　その山の姿は高くて美しい（那座山高而美）

(四)補助關係

いたく泣きたまふ。《竹取物語》　ひどくお泣きになる。（失聲痛哭）
僧にて侍り。　僧でございます。（是位僧人）
こまかに書き記して候ふ。　細かく書き記してあります。（詳細地記載著）
ふるさとは恋しくもなし。《平家物語》　ふるさとは恋しくもない。（故鄉也不留戀）

(五)獨立關係

あな、うれし。　ああ、嬉しい。（啊，眞高興）
あはれ、いと寒しや《源氏物語》　ああ、ほんとうに寒いね（啊，眞是冷啊！）

あな、うらやまし、などか習はざりけん。《徒然草》　ああ、うらやましい、どうして習わなかったのだろう。（啊眞羨慕！爲什麼我沒有學呢？）

いな、いとうつくしかりき。《宇津保物語》　いいえ、大変かわいらしかった。（不，是太可愛了）

三、句子

句（文）是指由一個或一個以上文節所組成的，表達一個完整的思想，用句號結句爲句子。

文語的句子，可從不同的角度，分爲：

㈠按句中述語詞類不同進行分類。

1.判斷句（判斷文）以體言加指定助動詞「なり」、「たり」做述語的句子爲判斷句。

かぐや姫は月の都の人なり。《竹取物語》　かぐや姫は月の都の人です。（明姬是月宮的人。）

我は僧なり。　私は僧である。（我是僧人。）

2.描寫句（描寫文）以形容詞、形容動詞做述語的句子爲描寫句。表示對主體性質、狀態的描述。

花美し。花が美しい。（花美麗。）

かたちよし。容貌がよい。（容貌漂亮。）

四海《しかい》は静かに、風枝を鳴らさず。四海は静かで風は枝を鳴らさない。（四海昇平，鳳不鳴枝。）

3.敘述句（平敘文）以動詞做述語的句子爲敘述句。

籠に入れて養ふ。《竹取物語》　竹籠に入れて養う。（裝在籠中餵養。）

夏はほととぎすを聞く。《方丈記》　夏にはほととぎすの鳴き声を聞く。（夏聽杜鵑聲。）

4.存在句（存在文）以存在動詞做述語的句子，爲存在句。

心細く住みなしたる庵《いほり》あり。《徒然草》　ものさびしく住んでいる人の庵がある。

（有一個孑然而居的草庵。）

昔、男ありけり。《伊勢物語》　昔、（ある）男がいた。（從前有一個男人。）

竜の頸に五色に光る玉あり。《竹取物語》　竜の首に五色の光りを放つ宝石がある。

（在龍的脖子上有一顆五彩閃光的寶珠。）

(二)根據句子的意義和語氣的不同進行分類：

1.平敘句（平叙文《へいじょぶん》）用一般語氣和形式來表達推量、判斷、意志、比況等意思的句子，這種句子常以用言、助動詞終止形結句。

風も吹きぬべし。　風もきっと吹くだろう。（推量）

《土佐日記》（一定會起風吧。）

流るる汗滝の如し。　流れる汗は滝のようだ。（比況）

《方丈記》（汗流似瀑布。）

雨など降るもをかし。　雨などが降るのも風情がある。（肯定）

いざ、かいもちひせむ。　《枕草子》　（下雨時也很有情趣。）

さあ、ぼたもちをつくろう。（意志）

《宇治拾遺物語》　（喂，我們來做豆餡年糕吧。）

2.疑問句（疑問文《ぎもんぶん》）表示疑問、反問的意思

いかにしたまはんずらん。　どうなさろうというのであろう。（疑問）

《蜻蛉日記》　（打算怎麼辦呢？）

我はさやは思ふ。　わたしはそんなふうに思ったりするものか。（反問）

《徒然草》　（我怎麼可能這樣想？）

注：帶有「だれ」、「何」、「いつ」、「いかに」等疑問詞並與係助詞「や」、「やは」、「か」、「かは」相連時，表示一種不確切的疑問。

いつしか年も暮れぬ。

いつと知らない間に早くも年の暮れになってしまった。（不知不覺又快到年終了。）

かなたに何やら見ゆ。

向こうに何かはっきりわからないが見えている。（對面是什麼看得不太清楚。）

3.命令句（命令文《めいれいぶん》）（希望文《きぼうぶん》）表示命令、禁止、希望等意思。

心しておりよ。　注意して下りよ。　《徒然草》　（下來時，要當心！）

必ず我が説にな泥《なづ》みそ。　必ず私の説にこだわってはならない。

《玉勝間》（一定不可拘泥於我的學說。）

いつしか梅咲かなむ。　梅の花よ、早く咲いてほしい。《更級日記》（願梅花早開放。）

4.感嘆句（感動文《かんどうぶん》）表示感嘆或召喚的句子，句首多用感嘆詞，句尾多用感嘆或召喚的終助詞。

あなかひなのわざや。　ああ、かいのないことだわい。《竹取物語》（唉，眞是白費力氣。）

あな、おそろしや。　ああ、おそろしいことだ。《源氏物語》（啊，眞是可怕啊。）

ああ、悲しきかな。　ああ悲しいなあ。（唉，好悲傷呀！）

㈢按句子結構進行分類。

1.單句（単文）句中出現一次主述關係的爲單句。

昔男ありけり。　昔男がいた。《伊勢物語》（從前有一個男人。）

蛍たかく飛びあがる。　蛍が空高く飛んでいる。《伊勢物語》（螢火蟲在空中高飛。）

かの 唐船《もろこしぶね》来けり。　例の唐の貿易船が来た。《竹取物語》（又是那艘中國商船來了。）

2.並列句（重文）句中主述關係出現兩次以上，而且之間的關係是對等的叫做並列句。

齡《よわひ》は歳歳《としとし》に高く、住家《すみか》は折折にせばし。　年齡は一年ごとに多くなり、住む家は引っ越すたびごとに狭くなっていく。《方丈記》（年齡與日俱增，居室卻隨一次一次地搬遷，越發狹小。）

夜臥す床あり、昼居る座あり。　夜は寝る床があり、昼間、座る座が　ある。

《方丈記》（夜來有臥榻，朝來有坐椅。）

3. 複句（複文）其主語與述語的關係，出現兩次以上，但其關係並非對等的爲複句。

大主語　小主語　　小述語
この女　気色　いと　よし。　この女は　きげんが非常によい。

《伊勢物語》（這位女人心情很好。）（述語從句）

主語　述語　主語　述語
木のさま、にくげなれど、　楝《あふち》の花　いとをかし。

述語　主語　述語
木の姿は醜くてよくないけれども、楝の花はまことに、おもしろい

《枕草子》（枝幹雖然醜陋，楝花卻是艷麗無比。）（讓步從句）

主語　述語　主語　述語
（花　咲く）　春　来れり。

主語　述語　主語　述語
（花　の咲く）　春が　来た。

（百花開放的春天來到了。）（定語從句）

主語　述語　主語　述語
春　来れば、雁　帰るなり。

主語　述語　主語　述語
春が　来る　ので、　雁が　帰っていく。

《古今集》（春來雁北歸。）（原因從句）

主語 風　述語 吹けば、　述語 えいで立たず。　主語 風が　述語 吹くので、　述語 出発できない。
《土佐日記》（因起風，不能出走。）（原因從句）

主語 水　述語 清ければ、　主語 魚　述語 住まず。　主語 水が　述語 清ければ、　主語 魚は　述語 住まない。
（水清則無魚。）（條件從句）

㈣其他句子

1.省略句（省略文《しょうりゃくぶん》）在不影響理解原文的情況下，有時可省略某一部份，爲省略句。

秋つかたになりにけり。（省略主語「季節は」）　秋のころになった。（到了秋天。）

春はあけぼの（省略述語「をかし」）　春は夜明け方が（よい）。

《枕草子》（春天拂曉（富風情）。）

御前に（省略賓語この歌を）御覧ぜさせむとすれど　中宮様に（この歌を）ご覧に入れようと思うが

《枕草子》（欲將（這首歌）拿給中宮看……）

呼べど寄り来ず。あらぬ（省略形式體言「もの」）なめり。

いくら呼んでも、寄って来ません、別の（犬）らしゅうございます。

《枕草子》　（怎麼叫也不過來，像是別的狗。）

いかなることのあるにか（省略「あるにか」的補助語「あらむ」。）。

どのような事があるのでしょうか。（發生了什麼事情。）

2.引用句（引用文）在句中有時引用某人的語言和內心的思想，爲引用句。引用句作爲句子組成的要素，與其相連的助詞「と」、「など」共同構成連文節的連用修飾語。

主殿司《とのもづかさ》は「とくとく」と言ふ。　主殿司は「早く早く」と言う。

《枕草子》　（主殿司催促道：「快點！快點！」。）

3.插入句（挿入文《そうにゅうぶん》）在句中切斷文中前後的文脈，插入作者或講話人的解說、感想、感嘆語言，叫做插入句。插入句作爲句中一要素，一般被視爲獨立句來處理。

ほととぎす、ありつる垣根のにや、同じ声にうち鳴く。　ほととぎすが、さっきの垣根の所で鳴いていた。それであろうか、同じ声で鳴く。

《源氏物語》　（是剛才在籬笆根兒那兒叫的杜鵑吧，叫聲一樣。）

4.倒裝句（倒置文）爲了加強語氣，強調某一成份，句中成份可倒裝爲倒裝句。

いづら猫は。　どこなの猫は。

《更級日記》　（在哪兒？貓兒。）

現代日本口語文法

作者：王　瑜

譯者：蘇正志

售價：450元

作者從事十五年外國人留學生的日本語教育的教學經驗，把日本語口語文法加以分析，將具有代表性的標準文法加以詳細解說，是為外國人編寫之系統化又實用的文法學習書。

本書用簡單的現代日本口語文編寫，不論做為「教科書」或是做為「參考書」，對初學者及學有相當基礎的人都很有幫助。

國家圖書館出版品預行編目資料

口語對照日語文語文法 / 謝秀忱，陳靖國編著. —
修訂初版. — 臺北市 : 鴻儒堂，民104.10
面 ;　公分
ISBN 978-986-6230-28-8(平裝)

1.日語 2.語法

803.16　　104018466

口語對照日語文語文法
修訂版

定價　500元

一九九六年（民八十五年）　四月　　初版一刷
二〇二二年（民一一一年）　十月修訂初版二刷

編　　著　謝秀忱／陳靖國
審　　校　白澤龍郎
發 行 所　鴻儒堂出版社
發 行 人　黃成業
地　　址　台北市博愛路九號五樓之一
電　　話　02-2311-3810
傳　　真　02-2361-2334
郵政劃撥　01553001
E-mail　hjt903@ms25.hinet.net

法律顧問：蕭雄淋律師
本書凡有缺頁、倒裝者，請逕向本社調換
本書經北京師範大學授權在台發行

鴻儒堂出版社設有網頁，歡迎多加利用
網址：https://www.hjtbook.com.tw